Arena-Taschenbuch
Band 51046

Ebenfalls von Jerry Kennet im Arena Verlag erschienen:
Die Grünbarts. Zusammen klebt man besser als allein
Die Grünbarts. Ein Hamster dreht am Rad
Die Grünbarts. Wir feiern die Katastrophen, wie sie kommen

Jerry Kennets
Familie stammt zwar nicht aus unterschiedlichen Epochen, aber wenn Jerry es sich aussuchen könnte, würde er am liebsten zur Zeit der englischen Renaissance leben – als Hofnarr, natürlich. Er hat leider keine geniale Zeitreisemaschine erfunden, sondern nur Politikwissenschaft studiert. Jerry lebt mit seiner Familie in Washington und arbeitet als Journalist. *Die Grünbarts* ist seine erste Reihe für Kinder.

Der Anton
lebt in Köln, wo er alles bemalt, was halbwegs still hält: Zimmerwände, Klassenarbeiten, Autos ... Seit 1989 arbeitet er freiberuflich als Illustrator, Designer und Regisseur für verschiedene Fernsehsender, Verlage, Produktionsfirmen und Design-Agenturen. 1999 gründete er mit Freunden die FEEDMEE Design GmbH und heimste allerhand Preise ein.

Jerry Kennet

Die Grünbarts

Auf Zeitreisen ist nicht gut Pizza essen

Aus dem amerikanischen Englisch
von Petra Koob-Pawis

Bilder von Der Anton

Arena

Mit besonderem Dank
an Jan Gangsei

FSC
www.fsc.org
MIX
Papier aus verantwortungsvollen Quellen
FSC® C110508

1. Auflage im Arena-Taschenbuch 2018

Series created by Working Partners Limited
Aus dem amerikanischen Englisch von Petra Koob-Pawis
Covergestaltung und Innenillustrationen: Der Anton
Die Illustrationen in diesem Werk wurden vermittelt durch die Literarische Agentur Thomas Schlück GmbH, 30827 Garbsen.
Hintergrund Seiten 160/161: © RomanYa/Shutterstock
Umschlagtypografie: KCS GmbH · Verlagsservice & Medienproduktion, Stelle/Hamburg
Gesamtherstellung: Westermann Druck Zwickau GmbH
ISSN 0518-4002
ISBN 978-3-401-51046-0

Besuche uns unter:
www.arena-verlag.de
www.twitter.com/arenaverlag
www.facebook.com/arenaverlagfans

Ich wette,

du hältst deine Familie für total verrückt. Das tust du doch, oder nicht? Vielleicht näht deine Mom in alle Strümpfe und Hosen kleine Namensschildchen. Vielleicht kleistert deine Schwester ihre Zimmerwand mit Postern von sämtlichen Schauspielerinnen aus »The Real Housewives of Beverly Hills« zu. Vielleicht hat dein Dad alle wichtigen Schlachten aus »Star Trek« bis ins Kleinste nachgebaut – mit Spielzeugfiguren, Pfeifenreinigern und Weihnachtslichterketten.

Tja, im Vergleich zu meiner Familie sind das nur Kinkerlitzchen. Klitzekleine Kinkerlitzchen. Glaub mir, ich weiß, wovon ich rede, denn ich habe zehn Jahre lang versucht, mich meiner Familie anzupassen. Vergeblich.

Aber ich greife voraus. Am besten, ich erzähle alles der Reihe nach. Zu meiner Familie komme ich gleich noch. Die Grover-Grünbarts haben zwar keinen blassen Schimmer, was es heißt, normal zu sein, aber es gibt etwas, womit sie sich bestens auskennen.

Und das ist Zeit.

Kapitel 1

Als die Schulglocke schrillte, war ich schon fast zur Tür hinaus. Das lag nicht etwa an Mr Fiskes Unterricht – Geschichte war sogar mein Lieblingsfach –, sondern daran, dass ich möglichst im Bus sitzen wollte, bevor Sam und Craig einstiegen. Dann würden sie mich vielleicht nicht bemerken und ich hätte eine Chance, eine weitere Busfahrt lebend zu überstehen.

»Vergesst nicht, am Freitag eure Aufsätze mitzubringen!«, rief Mr Fiske uns nach.

Ich mischte mich unter die Schüler, die hinaus in die Freiheit strömten. Eingenebelt in eine Dunstwolke aus feuchten Sportsocken und Kaugummi ließ ich mich von dieser Welle mitreißen. Eine Kampfarena mit verschwitzten Gladiatoren war nichts im Vergleich zu einer Grundschule, so viel stand fest.

Der Bus wartete bereits. Ich rannte schneller. Wenn ich es schaffte, vor Sam und Craig, besser bekannt als Die Zwillingspanzer des Schreckens, in den Bus einzusteigen, konnte ich mich auf einen der hinteren Plätze verkriechen. Und dann bestand die Möglichkeit, dass sie mich schlicht und einfach vergaßen. Wenn ich aber zu langsam war und die beiden schon im Bus saßen, würden sie mich sofort entdecken. Statt mich zu vergessen, würden sie sich daran erinnern, dass ich ihr Lieblingsopfer für die Busfolter war. Erschwerend kam hinzu, dass meine Schwester Hojo seit diesem Schuljahr auf eine andere Schule ging und mich nicht mehr beschützen konnte. Sam und Craig waren beide in Hojo verknallt, aber sie hatten auch Angst vor ihr. (Ich weiß, ich weiß, jetzt hältst du mich für einen totalen Versager, weil ich mich hinter meiner Schwester verstecke. Aber du kennst Hojo nicht.)

Ich warf einen Blick über die Schulter. Sam und Craig waren zehn Meter hinter mir, der Bus stand fünf Meter vor mir. Ich würde es rechtzeitig schaffen!

Das Triumphgefühl währte nur kurz, denn plötzlich spürte ich eine große, schwere Hand auf meiner Schulter. Es war Mr Weatherspoon, unser Schulleiter, der mich stirnrunzelnd ansah. Ich blieb überrumpelt stehen. Mr Weatherspoon hatte mich bisher noch nie direkt angesprochen, ich befürchtete also das Schlimmste.

»Ich bin sehr bestürzt über die traurigen Neuigkeiten, Zack«, sagte er mit sorgenvoll gedämpfter Stimme. »Mein Mitgefühl gilt deiner ganzen Familie.«

»Tut mir leid, aber … wie bitte?«, fragte ich.

»Auch mir tut es leid«, fuhr er fort. »Wie ich gehört habe, findet die Beerdigung morgen statt?«

Beerdigung? »Ich verstehe nicht …«, fing ich an. Was um alles in der Welt faselte er da? Von einer Beerdigung wusste ich nichts.

»Was für ein Verlust. Deine Tante Tilda scheint eine ganz außergewöhnliche Frau gewesen zu sein.«

Ah, ja. Ich biss mir auf die Unterlippe, um nicht zu grinsen.

»Deine Mutter war traurig, als sie mich anrief. Es muss ein

Schock für sie gewesen sein.« Mr Weatherspoon schüttelte den Kopf. »Dass jemand an Schwindsucht stirbt, ist heutzutage ja sehr selten.«

Sehr selten, in der Tat. Tante Tilda war tatsächlich von der Schwindsucht dahingerafft worden, und zwar ... Moment, wann noch mal genau?

Ach, jetzt fällt es mir wieder ein - vor vierhundert Jahren.

»Das stimmt«, sagte ich und versuchte, möglichst bekümmert auszusehen. »Es war wirklich eine ... Überraschung.«

Ich nickte ernst. Dann winkte ich Mr Weatherspoon noch einmal zum Abschied und trottete zum Bus. Sam und Craig waren bestimmt längst eingestiegen und würden mich mit gezückten Steinschleudern empfangen. Und als wäre das nicht schon schlimm genug, wartete nun auch noch zu Hause irgendetwas Verrücktes auf mich. Was auch immer es war, es verhieß nichts Gutes.

Denn machen wir uns nichts vor: Meine Eltern brachten Tante Tilda nur dann ins Spiel, wenn etwas bevorstand. Etwas Bedeutendes.

Ich stieg in den Bus. Sam und Craig hockten eingezwängt auf einer Sitzbank und lachten laut glucksend und grunzend vor sich hin. Ich ließ mich auf einen freien Platz fallen und versuchte, mich mit reiner Willenskraft unsichtbar zu machen. Es dauerte keine fünf Sekunden, bis ich den vertrauten, näselnden Singsang hörte.

»Hey, Blödbart!« *Glucks, schnaub, grunz.*

Ich schüttelte den Kopf und atmete tief durch.

»Huhu, Blööööödbart!«, ertönte es erneut.

Sam setzte sich auf den Platz vor mir, Craig auf den Platz

hinter mir. Eine Flucht war ausgeschlossen, ich saß in der Falle. Sam schnippte mit seinem dicken Finger gegen meine Stirn. Ich setzte mich aufrecht hin und machte ein Total-ruhig-und-kein-bisschen-nervös-Gesicht.

»Oh, hey«, sagte ich, als hätte ich die beiden gerade erst bemerkt. »Was gibt's?«

Sam schnaubte. Er kratzte an dem hässlichen roten Pickel auf seinem Kinn und blickte Craig an.

»Kumpel«, grunzte er. »Der Kleine will wissen, wass loss isst.«

»Ist das nicht süß?«, lispelte Craig zurück. Er sah genauso aus wie sein Freund – Fußballkopf auf Stiernacken, baumdicke Arme und Beine, offener Mund und ein dämliches Grinsen. Nur ihre Haare waren unterschiedlich: Craig hatte verfilzte rote Zotteln auf seiner Rübe und Sams blonde Haare waren zu Stacheln frisiert.

»Fiske will am Freitag die Aufsätze haben – hast du deinen schon fertig, Blödbart?« Craig legte den Kopf schief wie ein Hund. Wie ein großer, fieser, sabbernder Hund.

Die Frage war womöglich eine Falle. Deshalb sagte ich kein Wort.

»Komm sshon, ein Gesshichtss-Profi wie du«, sagte Sam einschmeichelnd. »Jede Wette, du bisst sshon sseit einer Woche fertig, wass?«

»Nein«, erwiderte ich. Ich hatte den Aufsatz vor sechs Tagen geschrieben, also war es genau genommen keine Lüge.

»Hm«, brummte Craig. »Ich weiß ja, dass du ganz wild aufs Aufsatzschreiben bist, Blödbart. Daher habe ich eine besondere Belohnung für dich. Wie wär's, wenn du unsere Aufsätze schreibst?«

Sam und Craig klatschten sich ab. In diesem Moment fuhr der Bus über ein Schlagloch und etwas Spucke tropfte von Craigs Unterlippe, aber er schien es nicht zu bemerken.

»Soll das ein Witz sein?«, fragte ich. »Wie soll ich das bis Freitag schaffen? Wir hatten doch drei Wochen Zeit!«

»Das ist nicht unser Problem«, knurrte Craig.

»Vielleicht hättesst du dir dass früher überlegen ssollen«, ergänzte Sam drohend.

»Früher als *was?«,* fragte ich.

»Halt die Klappe«, fuhr Craig mich an. »Es ist ja nicht so, als würden wir etwas Unmögliches von dir verlangen.«

Sam zog seine buschigen Augenbrauen zusammen. »Ach ja?«

»Ja«, sagte Craig. »Unser Kleiner darf sich das Thema für die Aufsätze ja selbst aussuchen. Hauptsache, wir bekommen die Bestnote.«

»Genau, wir ssind sshliesslich nette Kerle«, meinte Sam grinsend. »Meinen Aufssatz musst du allerdingss über die

Wikinger sshreiben. Wikinger ssind sspitsse. Wikinger, Wikinger, Wikinger.«

Als er »sspitsse« sagte, hätte ich beinahe losgeprustet. Aber das war zu gefährlich. Also starrte ich auf die Lücke in Sams Mund, wo ihm zwei Vorderzähne fehlten. Man erzählte sich, er hätte sie sich als Mutprobe selbst gezogen und danach einen Dreifach-Cheeseburger verputzt.

»Wikinger sind der Hammer, Kleiner«, sagte Craig.

»Wikinger! Wikinger! Wikinger!«, grölten nun beide und ließen ihre Köpfe zusammenkrachen. Es klang wie Donnergrollen.

»Am besten, du schreibst meinen Aufsatz auch über die Wikinger«, meinte Craig. »Aber wehe, du schreibst nur einen Aufsatz! Auf den Trick fallen wir kein zweites Mal rein.«

»Das war nicht meine Schuld!«, protestierte ich. »Ihr habt mir meine Hausaufgabe weggenommen und sie beide als eure ausgegeben.«

»Wass isst dein Problem?«, lispelte Sam.

Ich schüttelte den Kopf und murmelte: »Zwei Aufsätze in zwei Tagen? Wie stellt ihr euch das vor?«

»Da musst du dir eben was ausdenken«, meinte Craig.

»Genau, ess ssei denn, du willsst heraussfinden, wie die Sshuhssohle von einem Nike Air Maxss sshmeckt«, sagte Sam und wackelte mit seinen Quadratlatschen. Ich biss die Zähne zusammen und nickte. Ich hatte es einmal gewagt, Sam und Craigs »freundliches Angebot« auszuschlagen. Als Antwort darauf hatte ich herausfinden dürfen, wie Sams Adidas Soccer Nitrocharge schmeckten. Das war wirklich kein Vergnügen gewesen, das kannst du mir glauben.

Da bog der Bus schwungvoll um die Ecke, der Rucksack eines Schülers flog vom Sitz und einige Bücher und Hefte schlitterten durch den gesamten Bus.

Sam und Craig blähten die Nasenflügel wie zwei Schakale, die eine tote Antilope witterten. Dann standen sie auf, um sich ihre neue Beute vorzuknöpfen.

Ich ließ mich tiefer in den Sitz sinken. Ich würde die Aufsätze niemals rechtzeitig fertig bekommen. Tante Tilda war schon lange nicht mehr das Problem. Die einzige Beerdigung, an der ich in nächster Zeit teilnehmen würde, war meine eigene.

Kapitel 2

Der Bus kam an der Kreuzung zwischen der Schönen Allee und der Trollgasse quietschend zum Stehen. (Ich weiß, das ist die reinste Ironie. Zu Mom und Dad hätte es viel besser gepasst, wenn sie in die Schrullenstraße oder den Spinnerweg gezogen wären.)

Die Türen öffneten sich knirschend und ich sprang hinaus auf den Fußweg. Da prallte wie aus dem Nichts etwas gegen meinen Fußknöchel und brachte mich aus dem Gleichgewicht. Ich fiel der Länge nach hin. Bücher und Stifte flogen aus meinem Rucksack wie kleine Geschosse. *Echt jetzt?* Konnte dieser Tag wirklich *noch* schlimmer werden?

Als ich langsam den Kopf hob, sah ich gerade noch, wie ein spitzer Schwanz an mir vorbeizischte.

Oh ja, wie es aussah, konnte der Tag wirklich noch schlimmer werden.

Ein braungrünes Etwas raste knurrend die Straße entlang. Jedes Eichhörnchen im Umkreis von hundert Metern flüchtete in die Baumkronen. Ich rappelte mich auf.

»Fussel!«, rief ich. »Komm sofort zurück!«

Das kleine Biest hielt eine halbe Sekunde inne, drehte seinen Kopf in meine Richtung, fletschte die spitzen Zähne und hüpfte dann mitten in eine perfekt getrimmte Hecke hinein.

Im nächsten Augenblick flogen zerkaute Blätter wie Konfetti durch die Luft. Mir brach der Schweiß aus. Wie hatte Fussel es geschafft, aus dem Haus auszubüxen? Wenn ihn jemand entdeckte, waren wir geliefert.

»Fuuussel!!!« Ich packte meine Bücher und rannte zur Hecke.

Doch Fussel sprang aus dem Gebüsch und raste davon. Seine krummen Beinchen donnerten über das Straßenpflaster, während seine kurzen Vorderfüße in der Luft schlenkerten. Er blieb kurz stehen, um an einem Gartenzwerg zu schnüffeln und ihm dann - schnapp - die Mütze abzubeißen. Ich rannte schneller.

Warum konnten wir nicht einfach einen Hund haben? Einen Hund! So wie ganz normale Leute.

Ach ja, da fiel es mir wieder ein. Wir waren nicht normal, wir waren die Grover-Grünbarts.

Und deshalb hatten wir keinen Hund, sondern einen kleinen Tyrannosaurus Rex.

Ja, du hast richtig gelesen. Einen T-Rex. Oder auch Dinosaurier genannt. Zugegeben, er ist ein mickriger Dinosaurier, nicht einmal dreißig Zentimeter groß. Aber versuch du mal, der Tieraufsichtsbehörde oder überhaupt irgendjemandem zu erklären, warum in deinem Keller ein Überbleibsel aus prähistorischen Zeiten lebt und alle deine Schuhe auffrisst. Das wirft Fragen auf. Eine *Menge* Fragen.

Deshalb darf niemand Fussel zu Gesicht bekommen. Niemals. Im Grunde genommen war Fussel ein Haus-Dinosaurier. Trotzdem war er jetzt hier draußen, biss unschuldigen Gartenzwergen die Mütze vom Kopf und machte keinerlei Anstalten, damit aufzuhören. Zum Glück hatte ich eine Idee.

»Hier, Fussel ...« Ich kramte in meinem Rucksack und zog eine halb leere Chips-Tüte heraus. »Lust auf ein paar Leckerli?« Als ich mit der Tüte knisterte, fielen Chips-Brösel heraus. Fussel schnupperte interessiert.

»Schnüffel-schnüffel«, sagte ich. »Essig und Salz! Deine Lieblingssorte!«

In Wahrheit hatte er überhaupt keine Lieblingssorte, er fraß alles gern, ob Chips oder sonst irgendetwas Essbares. Und am liebsten fraß er die Verpackung gleich mit. Aber ich will nicht pingelig sein.

Langsam ging ich auf ihn zu. Als ich ihn schon fast erreicht hatte, sah er mich an, als wollte er sagen »Netter Versuch, Kumpel«. Dann preschte er los, pflügte durch den Laubhaufen im Nachbargarten und zertrampelte einen sorgsam angelegten Steingarten.

»Halt!«, schrie ich. »Bleib sofort stehen!«

Das tat Fussel auch - und zwar direkt vor dem Haus von Mrs Beacon. Unsere Nachbarin kniete im Vorgarten, jätete Unkraut und summte dabei vor sich hin. Ihr Mini-Schnauzer mit Namen General Wuff saß vor dem Hauseingang und leckte seine Pfoten. Als er Fussel auf dem Gehsteig entdeckte, blickte er auf und sträubte sein Fell.

Ich hätte schwören können, dass Fussel sich grinsend die Lefzen leckte. Ich ahnte, was passieren würde.

»Fussel, nein!«, brüllte ich.

Fussel stieß einen irren Schrei aus, der wie eine Mischung aus Motorenröhren und Vogelkreischen klang.

General Wuff antwortete mit einem verschreckten Jaulen. Den Schwanz zwischen die Beine geklemmt, drehte er sich um und kroch durch eine winzige Hundeklappe ins Haus hinein. Als Mrs Beacon von ihrer Arbeit hochblickte, raste Fussel bereits weiter die Straße runter.

»Oh, hallo Zachary«, grüßte mich Mrs Beacon. Sie blickte blinzelnd in Fussels Richtung. »Ich wusste ja gar nicht, dass ihr einen Hund habt. Das ist ja wunderbar. Was für eine Rasse ist es denn?«

»Ein, ähm, Labraterriepudelmops«, stammelte ich. »Sie wissen schon, einer von diesen merkwürdigen Mischlingen.«

»Oh ja.« Mrs Beacon nickte wissend. »Die sind heutzutage sehr modern. Nun ja, ich muss mich für meinen General entschuldigen. Er schüchtert andere Hunde gerne ein. Er ist ein verwöhnter kleiner Racker.«

»Das macht nichts. Ich bin sicher, es war nicht seine Schuld«, sagte ich. Aus einiger Entfernung war ein Knurren zu hören. »Ich muss los!«

Mrs Beacon winkte und rief mir eine Nachricht für Mom hinterher, die ich nicht verstand, weil ich viel zu beschäftigt war, Fussel hinterherzukommen, der am Ende der Sackgasse wie verrückt im Kreis herumrannte.

Ich jagte hinter ihm her, vorbei an weiteren Nachbarn, die ungerührt Rasen mähten, Blumen gossen, Schubkarren beluden und sich so verhielten, als wäre alles in bester Ordnung. Ich konnte darüber nur den Kopf schütteln. Es erstaunte mich immer wieder, wie die Leute – insbesondere

Erwachsene – nur das sahen, was sie sehen wollten. Offensichtlich lasen sie nicht genug Comics. Ansonsten hätten sie gewusst, dass die meisten Aliens aus dem Weltall und Superhelden (und nicht zuletzt auch meine Familie) sich auf diese Art und Weise vor den Augen aller verstecken konnten.

Nach langem Hin und Her schaffte ich es schließlich, Fussel einzuholen. Ich war so nah dran, dass meine Finger bereits seine Schwanzspitze berührten … aber dann entwischte er wieder. Ich blieb stehen und stützte die Hände auf die Knie, um Luft zu holen. Es war hoffnungslos. Der kleine T-Rex war einfach zu schnell!

Plötzlich sausten zwei Nunchakus haarscharf an meinem Kopf vorbei. Mit einem *Wusch!* flogen sie auseinander und spannten ein Netz auf, das zu Boden fiel und Fussel unter sich begrub. Der Dino knurrte und zappelte, konnte sich aber nicht aus dem Netz befreien. Ich drehte mich um. Hojo kam die Straße entlanggerannt. Sie war ganz in Schwarz gekleidet und ihre Arme und Beine bewegten sich in perfektem Gleichklang.

»Ich hab ihn«, rief sie und kam neben mir zum Stehen.

»Nettes Teil«, meinte ich und deutete auf das Netz. »Eine von Moms Erfindungen?«

»Was heißt hier Mom?«, sagte Hojo entrüstet. »Das Ding habe ich selbst gemacht.« Sie stützte die Hände in die Hüften. »Muss ich dich daran erinnern, dass …«

»Ich weiß, ich weiß.« Ich ratterte ihre Geschichte herunter:

»Du warst Mitglied einer Elitegruppe der Samurai im vierzehnten Jahrhundert, und obwohl du ein Mädchen bist, haben sie dich in ihre Reihen aufgenommen, weil du so gut mit diesem Dingsbums umgehen konntest ...« Ich schnippte mit den Fingern.

Hojo sprang in die Luft und vollführte eine Dreihundertsechzig-Grad-Drehung, wobei ihre schwarzen Schuhe nur wenige Millimeter von meinem Gesicht entfernt durch die Luft sausten. Als sie in der Hocke landete, sah ich, dass sie in der rechten Hand ein gezacktes Metallding hielt, dessen Klingen im Sonnenlicht gefährlich glänzten.

»Kein Dingsbums, sondern ein Wurfstern«, sagte sie. »Merk dir das endlich.«

Jetzt ist vielleicht der richtige Zeitpunkt, um ein bisschen was über meine Familie zu erzählen. Als ich sagte, Hojo käme aus dem vierzehnten Jahrhundert, war das kein Witz. Ich habe es auch nicht nur gesagt, weil sie sehr altmodische Ansichten hat, was Gerechtigkeit angeht. Und auch nicht, weil sie die mittelalterlichen japanischen Kampftechniken so unglaublich gut beherrscht. Nein, Hojo kommt im wahrsten Sinne des Wortes *aus dem vierzehnten Jahrhundert*. Sprich, sie ist damals auf die Welt gekommen. Wenn du einen Blick auf ihre Geburtsurkunde werfen würdest und das Japanisch des vierzehnten Jahrhunderts lesen könntest, würdest du sehen, dass sie am 11. Juni 1327 geboren wurde. Na ja, vorausgesetzt, es hätte damals schon Geburtsurkunden gegeben, was ich sehr bezweifle, und falls doch, dann hatten sie vermutlich nicht die gleichen Zeitangaben wie wir. Genau genommen bin ich der Einzige in meiner Familie, der eine Geburtsurkunde hat, auf der steht, dass ich in unserer Zeit geboren bin. Aber halt, ich greife wieder einmal vor.

Hojo drehte sich um und grinste. Heute hatte sie einen Glitzerstein auf ihrer Wange kleben, direkt neben dem Auge. Und das bedeutete, dass morgen alle Mädchen in ihrer Klasse so ein Glitzerding im Gesicht haben würden. Hojo war diese Art von Mädchen. Du weißt schon, was ich meine: Sie ist so cool, dass alle tun, was sie sagt. Und sie ist so Furcht einflößend, dass keiner sich traut, etwas anderes zu tun.

Eigentlich ist meine Schwester daran schuld, dass wir einen T-Rex als Haustier haben. Wenn man Hojo Glauben schenkt (was sehr ratsam ist), dann ist Fussel »zufällig« als blinder Passagier auf dem Rückweg von unserem ersten und einzigen Trip zu den Dinosauriern mit zu uns nach Hause gekommen. Natürlich war er damals ein ausgewachsener T-Rex. Aber nachdem er unser Wohnzimmer in Schutt gelegt hatte und meinen Bruder Grog auffressen wollte, blieb Mom nichts anderes übrig, als Fussel mit ihrem neu erfundenen Schrumpfinator zu verkleinern.

Danach wäre es ziemlich unfair gewesen, einen so winzigen (und mit bedauerlich mickrigen Schrumpfgliedern ausgestatteten) T-Rex zurück zu den Giganten des Mesozoikums zu schicken. Das wäre so, als würde man Sam und Craig auf Maus-Größe schrumpfen und sie dann im Schulbus aussetzen.

Moment mal, passt der Schrumpfinator vielleicht in meinen Rucksack …?

»Komm her, kleiner Fussel-Wussel«, gurrte Hojo.

Wie auch immer, auf diese Weise hatte Hojo jedenfalls das Haustier bekommen, das sie schon immer wollte. Und der Rest der Familie hatte sich jede Menge Ärger eingehandelt.

Hojo bückte sich und hob Fussel hoch. Sie liebte Tiere über alles. Je gefährlicher, desto besser. Und die Tiere liebten sie.

Fussel verwandelte sich sofort von einem wilden T-Rex in ein braves Schoßhündchen, das Hojos Wangen ableckte und vor lauter Glück Schlabbergeräusche von sich gab. Hojo grinste mich an und zuckte mit den Schultern.

»Komm«, sagte sie. »Lass uns nach Hause gehen. Mom und Dad sind völlig durchgeknallt.«

»Das ist doch nichts Neues«, erwiderte ich.

Hojo schüttelte den Kopf und sah plötzlich ernst aus. »Noch durchgeknallter als sonst.«

»Ich will gar nicht wissen, was genau das bedeutet.«

»Ja, frag besser nicht«, murmelte Hojo.

Kapitel 3

Wenn du jemals die Gelegenheit bekommen solltest, in die idyllische Stadt Springville zu fahren, dann findest du das Haus der Grover-Grünbarts ganz am Ende einer ruhig gelegenen Straße, genauer gesagt in der Schönen Allee Nummer 7512. Es ist ein nettes kleines Backsteinhaus, das genauso aussieht wie die anderen netten kleinen Backsteinhäuser in dieser Straße. Es hat zwei Stockwerke. Eine Garage. Eine gepflegte Einfahrt. Blumentöpfe auf der Eingangstreppe. Zugegeben, es sieht fast so aus wie alle anderen Häuser in der Schönen Allee. Solange man nicht zu nahe herankommt.

Oder gar hineingeht.

Hojo und ich trotteten über den Fußweg zur Haustür. Besser gesagt, ich trottete. Hojo huschte in geduckter Haltung an der Hauswand entlang. Sie hatte sich Fussel unter den Arm und den Wurfstern zwischen die Finger geklemmt. Weiß der Himmel, von wem oder was sie einen Angriff erwartete. Das Furchteinflößendste, was in unserer Nachbarschaft passiert, ist der morgendliche Auftritt von Mrs Lottelmeister, wenn sie im Bademantel und mit Lockenwicklern auf dem Kopf ihre Tageszeitung aus dem Briefkasten holt.

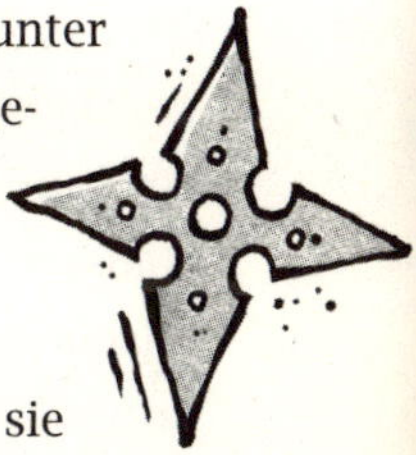

Ich hielt wie immer einen gehörigen Sicherheitsabstand

zu dem Loch, das mein Bruder Grog verursacht hatte, als er im letzten Jahr mit einem Steinbrocken trainiert und ihn mitten in unserem Vorgarten hatte fallen lassen. (Glaub mir, du willst garantiert nicht aus Versehen in dieses Loch und damit in Moms Garten hineinfallen und dabei ihre geliebte, einzigartige Orchidee - eine Art, die seit 1886 ausgestorben ist - zerquetschen. Es sei denn, du bist gerne längere Zeit bewusstlos.)

»Also raus mit der Sprache, was ist los?«, fragte ich Hojo.

»Schau es dir am besten selbst an.« Hojo stieß die Tür auf. Ich trat ein ... und dann klappte mir die Kinnlade herunter. Jetzt begriff ich, was sie gemeint hatte.

Hojo wirbelte um die eigene Achse und schloss die Tür mit einem Fußtritt.

»Total übergeschnappt, oder?«, meinte sie.

Ich nickte. Daran, dass unser Haus etwas *seltsam* war, hatte ich mich längst gewöhnt. Das fing schon damit an, dass mitten im Wohnzimmer ein von Gewehrkugeln durchlöchertes, mechanisches Klavier aus dem Wilden Westen stand, das immer mal wieder spontan Saloon-Musik zum Besten gab. Im Flur befand sich eine Rüstung (die König Heinrich VIII. getragen hatte). Auf dem Boden lag ein türkischer Teppich und an der Wand lehnte ein ägyptischer Sarkophag. Unser Haus sah aus, als hätte sich ein verrückter Designer nicht für eine bestimmte Epoche entscheiden können und daher einen Mischmasch aus allen fabriziert.

Aber das eigentlich Verrückte war, dass meine Eltern tatsächlich dabei waren, das Haus zu *putzen*. Das mag dir nicht sonderlich seltsam vorkommen. Aber abgesehen davon, dass sie gelegentlich Schmutz und Ruß aufwischten, machten Mom und Dad so gut wie nie sauber. Und wer konnte es ihnen verdenken? Bei dem vielen Krempel, den wir hatten, wäre das ungefähr so gewesen, als wollte man einen Tunnel durch Sand graben.

Ich konnte vom Wohnzimmer bis in die Küche sehen, wo Dad gerade den Abwasch erledigte.

»Ho-ho-ho und 'ne Buddel mit Seife!«, sang er und quetschte einen Riesenspritzer aus der Flasche in das Spülbecken, das mit Wasser volllief. Ein Berg aus Seifenblasen quoll über und tropfte auf den Boden, wo sich bereits eine Pfütze gebildet hatte. Dad strich sich schwungvoll den Schaum aus

dem Bart. Die Seifenwölkchen zerplatzten an der Wand und hinterließen dort ein schimmerndes Rinnsal.

»Ahoi, Leichtmatrosen!« Dad hob kurz seine Augenklappe und zwinkerte, dann rückte er sie rasch wieder zurecht, damit kein Seifenschaum ins Auge geriet.

Mom hantierte derweil im Wohnzimmer mit ihrem Schmutz-Inhaliergerät, das im Grunde genommen aus einer Mülltonne auf Rädern bestand, an der biegsame Schläuche befestigt waren. Mom winkte uns kurz zu, dann zog sie an einer Schnur. Das Gerät brummte so laut, dass sogar die Samurai-Schwerter im Gang klirrten. Fussel fing an zu knurren, und als Mom anfing, ihre Version eines Staubsaugers über den Boden zu schieben, sprang er aus Hojos Armen. Der Dreck auf dem Teppich wurde unter lautem Klappern in die Metalltrommel der Maschine gesaugt. Die Hälfte davon spuckte das Gerät hinten wieder aus und verteilte den Schmutz überall zu kleinen Häufchen, die Fussel voller Begeisterung in hohem Bogen durch die Luft schleuderte. Er schlenkerte seine kleinen Vorderfüße und jagte dem Dreck hinterher.

»Hojo! Schaff deinen Dinosaurier fort!«, rief Mom über den Lärm hinweg.

Hojo klemmte sich Fussel unter den Arm und kraulte ihn am Kinn. Halb schnurrend, halb knurrend beobachtete der kleine T-Rex, wie das Schmutz-Inhaliergerät eine weitere Runde durchs Zimmer fuhr. Ich wusste nicht so recht, ob Fussel mit dem Ding spielen oder es auffressen wollte. Vielleicht beides.

Mom schaltete die Maschine aus und machte sich mit einem enorm großen Federstaubwedel über die Möbel her. Dabei sang sie: »Oh, holde Maid vom Lande« – ein Lied, das etwa um 1865 der absolute Renner gewesen war.

Okay, jetzt bist du wahrscheinlich komplett verwirrt. Höchste Zeit also, dass ich ein bisschen mehr über meine Familie erzähle.

Wahrscheinlich hast du längst erkannt, dass die Mitglieder meiner Familie ein bisschen merkwürdig sind. (Andererseits, wenn man sie zurück in ihre eigene Zeit versetzen würde, dann wären sie vielleicht ... Ach, was soll's. Sie sind und bleiben seltsam.)

Da ist zunächst einmal Mom, die früher Emily Grover hieß und eine geniale Erfinderin im viktorianischen London war. Was wiederum ihre Leidenschaft für lange Rüschenkleider, kunstvolle Haarknoten und alles, was mit Charles Dickens zu tun hat, erklärt. Wir haben sämtliche Bücher von ihm – alles Erstausgaben und von ihm persönlich signiert. Jede Wette, sie sind ein Vermögen wert. Aber Mom würde sie nie verkaufen. Nicht nur, weil sie sehr daran hängt, sondern weil es gegen die sogenannten Regeln verstößt. (Aber dazu später mehr.)

Man kann wohl mit Recht behaupten, dass Mom ein bisschen ihrer Zeit voraus war. Okay, eigentlich sogar ziemlich weit voraus. Beispiel: das Schmutz-Inhaliergerät. Das Ding war eine ihrer Erfindungen, auf die sie besonders stolz war – ebenso wie auf den kleinen Scherenapparat, den sie entwickelt hatte und der sanft die Haare anheben sollte, um ihnen einen ordentlichen Schnitt zu verpassen. (Wie gesagt, leider saugt das Schmutz-Inhaliergerät nur die Hälfte des Schmutzes auf, du kannst dir also vorstellen, was bei der Friseurschere herauskam. Dann verstehst du auch, warum ich in der vierten Klasse fast immer eine Mütze trug.)

Auch wenn ihre Erfindungen nicht immer so funktionierten wie geplant, konnte Mom ziemlich stolz auf sich sein. Immerhin hatte ihre Zeitreisemaschine unsere Familie zusammengebracht. Ich meine, wie sonst hätte eine exzentrische viktorianische Erfinderin sich in einen seekranken Piraten aus den 1700er-Jahren verlieben und sich dann gemeinsam mit ihm im einundzwanzigsten Jahrhundert niederlassen können?

Alles fing damit an, dass Mom zufällig mit ihrer Zeitreisemaschine während eines schrecklichen Karibiksturms auf Dads Schiff landete. Dad wurde zum Held wider Willen, als er Mom davor rettete, über die Planke gehen zu müssen, indem er spektakulär in seinen Bart kotzte. Und zwar genau in dem Moment, als das Schiff von einer Riesenwelle erfasst wurde. Im Gegenzug rettete Mom Dad, indem sie ihn in ihrer Zeitreisemaschine mitnahm, bevor die anderen Piraten ihm einen Unterhosenschnalzer verpassen oder ihn dazu zwingen konnten, mit seiner Augenklappe das Klo zu putzen.

Man könnte sagen, es war nicht Liebe auf den ersten Blick, sondern Liebe beim ersten Brechreiz.

Trotzdem vermisste Dad seine (seekranken) Zeiten der Seefahrt manchmal. Deshalb stand ein riesiges, halb fertiges Piratenschiff hinter unserem Haus. Zum Glück glaubten unsere Nachbarn, dass Dad das Monstrum als Spielhaus für mich baute. Und obwohl ich schon ein bisschen zu alt für so etwas war, ging ich alle paar Wochen nach draußen und kletterte darauf herum, nur um den Anschein aufrechtzuerhalten. Wie du siehst, bin ich ein ziemlich netter Kerl.

Was mich angeht, so bin ich ein hundertprozentiges Produkt des einundzwanzigsten Jahrhunderts. Als Mom und Dad herausfanden, dass sie Eltern werden würden, beschlossen sie, sich niederzulassen. Daraufhin sahen sie sich ein bisschen im Raum-Zeit-Kontinuum um und kamen zu dem Schluss, dass diese Stadt der beste Ort war, um ein Kind großzuziehen. Damals kannten sie ja Sam und Craig noch nicht.

Aber egal, lass mich weitererzählen ... Meine Samurai-Schwester Hojo hast du ja bereits kennengelernt. Jetzt fehlt nur noch mein Bruder Grog.

Am besten, ich überlasse es ihm selbst, sich vorzustellen.

Grog stürmte durch die Hintertür herein, in der einen Hand die Schlüssel für die Zeitreisemaschine, in der anderen eine Tüte mit Mammutsteaks. Er warf sie auf den Küchentisch und rülpste.

»Jo, Fussel, hab dir Fleisch mitgebracht«, sagte er.

Fussel zappelte sich frei, sprang auf den Boden und rannte hechelnd zum Tisch. Grog kratzte sich unter der Achsel und gab dabei ein paar schnaufende »Ohs« und »Ahs«von sich. Mom und Dad behaupten steif und fest, dass sie Grog im alten Rom aufgegabelt hatten, aber ich bin mir ziemlich sicher, dass er ein Höhlenmensch ist. Grog wächst über Nacht ein buschiger Bart, und egal wie oft er sich duscht, er riecht immer wie diese Duftproben mit wildem Moschus aus der Drogerie. Ich weiß, dass man als Teenager haariger (und stinkiger) wird, aber doch nicht gleich so, oder? Zumindest hoffe ich, dass es so ist. Ich finde es schon schwierig genug, zehn Jahre alt zu sein.

Grog ließ sich auf die Couch fallen und angelte sich sein Handy. Ich beobachtete, wie er ein Video herunterlud und dabei laut schnaubte.

»Seht euch das an.« Er hielt sein Handy hoch. Irgendein Kind auf einem Autorücksitz drehte nach einem Zahnarztbesuch total durch und sang völlig unverständlich die Titelmelodie zu *Die Eiskönigin – Völlig unverfroren.*

Hatte der kleine Knilch gerade wirklich »Isch lasch losch« gesungen?

»Vierhundertsiebenundsechzigtausend Klicks. In zwei Stunden«, verkündete Grog. »Das ist ein echter Hit im Netz.« Er stoppte das Video und hielt die Kamera in meine Richtung. »Komm schon, Kumpel. Mach was Doofes.«

»Vergiss es, Mann«, sagte ich.

»Aber das kannst du doch so gut.«

»Hey, ich bin nicht dein Ticket, um zu YouTube-Ruhm zu gelangen«, rief ich. Ich war schon mehr als einmal Grogs Versuchen, ein Internet-Star zu werden, zum Opfer gefallen. Wie damals, als ich es zuließ, dass er Tabasco-Soße in mein Frühstücksmüsli mischte. Aber statt irgendeinen abgefahrenen Tanz aufzuführen, spuckte ich ihm die Pampe nach dem ersten Löffel mitten ins Gesicht. Sein Plan war nach hinten losgegangen. Für uns beide.

»Du bist echt laaangweilig«, knurrte Grog und schaltete das Handy aus.

»Okay, Kinder, kommt mal her«, forderte Mom uns auf. »Dad und ich haben etwas mit euch zu besprechen.« Sie setzte sich neben Grog auf die Couch und winkte Hojo und mich zu sich. Dad verließ sein Schaum-Schlachtfeld und ließ sich auf einen Stuhl sinken.

»Aye«, sagte er. »Eure Mutter und ich haben aufregende Neuigkeiten für euch.«

Während ich mich hinsetzte, kam mir ein Verdacht. Mom und Dad hatten garantiert irgendwo ein weiteres Kind aufgegabelt. Als sie das letzte Mal einen Putzfimmel gehabt haben, bekamen wir Grog vor die Nase gesetzt. Was ganz in Ordnung war. Grog war zwar ein Riesentrampel, aber auch ziemlich cool. Ehrlich gesagt fand ich es sogar gut, dass Mom und Dad Kinder in unsere Zeit retteten, so wie sie es bei Hojo und Grog gemacht hatten.

Allerdings wünschte ich mir, dass es diesmal jemand war, der kleiner - und schwächer - war als ich.

»Ja«, sagte Mom. »Aufregende Neuigkeiten.«

Ich wappnete mich innerlich.

»Wir haben ... einen Kunden!«, verkündete Mom triumphierend.

»Aye, einen Kunden!« Dad griff nach seinem Laptop, tippte etwas ein und drehte den Computer zu uns herum. Blinkende knallbunte Neonbuchstaben blendeten mich.

GROVER-GRÜNBARTS GROSSARTIGE, GIGANTISCHE UND GANZ UND GAR UNGEFÄHRLICHE ZEITREISEN!!!!!

»Aye«, sagte er. »Ich bin sicher, mit dieser neuen Website rennen sie uns die Türen ein.«

Dad deutete auf den Bildschirm. Teddybären, die wie Gladiatoren, alte Ägypter und andere historische Figuren angezogen waren, tanzten am Bildschirmrand.

»Das nennt sich Clipart!« Er tippte auf einen Bären in einer Toga.

»Eigentlich ist es eher ein GIF …«, fing ich an.

»Was?«, fragte Dad verständnislos. »Nein, es handelt sich nicht um Gift …«

»… eher um den puren Wahnsinn«, murmelte Hojo.

Mom tätschelte Dads Schulter. Ich starrte blinzelnd auf den Bildschirm und spielte mit dem Gedanken, mir Dads Augenklappe zu leihen. Vielleicht trug er sie überhaupt nur, weil sonst beide Augen beim Gestalten der Website explodierten.

»Ich bin so stolz auf dich, mein Lieber«, sagte Mom zu ihm. »Deine Überarbeitung unserer Website hat uns den ersten Kunden seit sieben Monaten eingebracht.«

Dann fuhr sie lächelnd fort: »Und wenn ihnen der Ausflug gefällt, dann wollen sie in unser Geschäft investieren!«

»Aye«, bestätigte Dad. »Eine Familie Baker aus der Nachbarstadt. Ist ’ne Geburtstagsüberraschung für ihren Sohnemann. Sie übernachten hier im Holiday Inn. Werden bei Morgendämmerung hier sein. Also macht euch bereit, Matrosen. Morgen segeln wir durch die Zeit!«

»Morgen?«, fragte ich. Grog, Hojo und ich fingen gleichzeitig an zu protestieren.

»Ach Mann«, sagte Grog. »Ich hab Wrestling-Training. Und ein Date. Genauer gesagt, drei.« (Das ist das Erstaunliche an Höhlenmenschen: Offensichtlich finden moderne Mädchen sie toll. Keine Ahnung, warum. Ganz sicher nicht, weil sie besonders gut riechen.)

»Ich muss …«, fing ich an und hielt dann inne. Ich konnte ja wohl schlecht sagen, dass ich für andere Hausaufgaben zu erledigen hatte. »… zur Schule«, beendete ich den Satz.

»Ja, ich auch«, beschwerte sich Hojo. »Also wirklich, wenn es egal ist, ob ich eine Schulbildung bekomme oder nicht, dann hätte ich auch im Japan des vierzehnten Jahrhunderts bleiben können.«

»Aber du hast da doch eine gute Schulbildung bekommen«, wunderte ich mich. »Schon vergessen? Warst du nicht Mitglied einer Elite-Einheit der Samurai?«

Hojo stieß mich mit dem Ellbogen. »Ja, das stimmt, aber morgen tragen wir alle Röcke in der Schule und ich muss die Outfits der anderen begutachten«, erwiderte sie. »Woher sollen sie denn wissen, ob Mini oder Maxi besser ist, wenn ich morgen nicht da bin? Außerdem habe ich das *Otomo Clan-Pack Total War* für *Shogun 2* für X-Box heruntergeladen und …«

Mom hob die Hand. »Habe ich schon erwähnt, dass die Bakers die Tour für furchtlose Krieger gebucht haben, Schatz?«, fragte sie.

Hojo setzte sich auf. »Wirklich? Mit Waffen?«

Mom nickte.

»Und Schlachten?«

Mom nickte wieder.

Ein Grinsen breitete sich auf Hojos Gesicht aus. »Die Mädchen könnten mir ja heute Abend Bilder von ihren Röcken schicken, damit ich ihnen sagen kann, ob es gut aussieht oder nicht«, überlegte sie laut. »Alles eine Frage der Planung, oder?«

»So ist es, meine Liebe«, sagte Mom.

»Cool, ich bin dabei«, verkündete Hojo.

Wir fuhren vor Schreck zusammen, als plötzlich die Haustür aufgestoßen wurde und gegen die Wand krachte. Wir bekamen nicht oft Besuch. Zumindest nicht unangekündigt.

»Halloo-hoo, Mr und Mrs Grünbart?«, ertönte eine hohe Stimme.

»Oje«, seufzte Mom. »Nicht schon wieder.«

Ein kleines blondes Mädchen stand in der Tür. Sie stemmte die Hände in die Hüften, warf die Haare zurück und lächelte. »Ich bin's, Alana Knowles, eure liebenswerte und – falls ich das noch nicht erwähnt habe – supertelegene Nachbarin.« Sie drehte sich von links nach rechts und strahlte übers ganze Gesicht.

»Alana, ganz ruhig«, seufzte ich. »Es sind keine Kameras in der Nähe.«

»Natürlich nicht«, sagte sie und sah sich im Zimmer um. Alana ist zwölf und felsenfest davon überzeugt, dass wir in unserem Haus irgendein abgefahrenes Ding veranstalten. Abgefahren, das mag ja vielleicht noch stimmen, aber mit ihrer neuesten Theorie, dass wir eine Art Realityshow drehen, liegt sie voll daneben.

Alana zog ein pinkfarbenes, mit falschen Diamanten besetztes Halsband aus der Hosentasche und hielt es in die Höhe – allerdings so, dass es auf keinen Fall den Blick auf ihr Gesicht verdeckte.

»Halli-hallo«, flötete sie. »Ich bin nur gekommen, um das Halsband eures Hundes zurückzubringen.« Sie griff mit der anderen Hand wieder in ihre Tasche. »Außerdem habe ich noch diese Porträtaufnahme von mir dabei …«

Mom stand schnell von der Couch auf, schnappte sich Fussels Halsband und schubste Alana in Richtung Tür.

»Schon gut, vielen Dank, mein Liebes«, sagte sie.

»Gern geschehen«, erwiderte Alana, während sie langsam nach draußen ging und dabei immer wieder dämlich grinsend über die Schulter blickte. »Ich lasse mein Foto einfach hier.« Sie warf das Foto in unsere Richtung. Es war, wenn ich mich nicht täuschte, eine Nahaufnahme ihres Gesichts, auf der vor allem ihre funkelnde Zahnspange zu sehen war.

»Ich habe noch keinen Agenten!«, rief sie, während Mom bereits die Tür hinter ihr schloss.

»Puh«, stöhnte Mom und sperrte die Tür von innen ab.

Dad ging in die Küche, um den restlichen Abwasch zu erledigen und Essen zu kochen. Hojo verschwand nach oben und schrieb den Mädchen ihrer Schulclique eine Nachricht.

Und ich ging schnurstracks in mein Zimmer, um mit der Geschichtshausaufgabe anzufangen. Denn eines wusste ich genau: Wenn die nicht rechtzeitig fertig war, würde ich genauso enden wie Grogs Mammutsteaks.

Ganz schön tot.

Kapitel 4

Am nächsten Morgen versuchte ich ohne großen Erfolg, die Aufsätze für Sam und Craig zu schreiben. Versuch du mal, dich zu konzentrieren, während dir am Küchentisch dein Höhlenmensch-Bruder gegenübersitzt, der zwei Gabeln und gelegentlich auch seinen linken Fuß dazu benutzt, sich große Stücke von Mammutfleisch in den Mund zu schaufeln. *Grummel, knurr, mampf.*

Igitt.

»Könntest du vielleicht mit geschlossenem Mund essen?«, beschwerte ich mich.

Grog hielt mitten im Kauen inne. »Hä?«, machte er und spuckte dabei kleine Fleischstückchen in alle Richtungen. »Ich kaue doch mit dem Mund.«

»Geschlossen«, sagte ich. »Mit *geschlossenem* Mund.«

Grog zuckte mit den Schultern. Er verschlang einen weiteren Fleischbatzen und glotzte mich mit offenem Mund an. »Wenn du meinst.«

Als ob das nicht schon schlimm genug wäre, hatten Mom und Dad nichts Besseres zu tun, als Hektik zu verbreiten. Dad stapfte vom Wohnzimmer in die Küche und wieder zurück. Vor dem vergoldeten Spiegel blieb er stehen und rückte seine Augenklappe zurecht.

»Harr!«, knurrte er sein Spiegelbild an. Dann kicherte er, kniff die Augen zusammen und fletschte die Zähne.

Mom tänzelte nervös um ihn herum und zupfte an ihren acht Millionen Haarnadeln, damit der Dutt richtig saß. Dann wurde sie von Fussel abgelenkt, der ins Zimmer gerannt kam, dicht gefolgt von Hojo. Er zertrampelte eine Topfpflanze, legte in vollem Lauf den türkischen Teppich in Falten und versteckte sich dann knurrend hinter der Couch.

»Hojo«, schimpfte Mom. »Sieh zu, dass du deinen Dinosaurier im Griff hast. Die Bakers werden jeden Augenblick hier sein und wir wollen doch nicht, dass er die Pudel einschüchtert.«

»Die was?«, fragte Grog und verlor plötzlich jedes Interesse an seinem Frühstück. Zuerst fiel ihm die Gabel aus der linken Hand und landete klappernd auf dem Tisch, dann kullerte ein Bissen Fleisch aus seinem Mund.

»Die Pu…«, fing Mom an.

»Schon gut, Mom«, mischte Hojo sich ein. »Ich versuche es ja. Du weißt doch, wie sehr sich Fussel aufregt, wenn er merkt, dass ich auf Reisen gehe. Fussel, Fussel!«, lockte sie und machte Kussgeräusche. »Komm her, mein Junge.« Sie hielt einen alten Lederstiefel hoch. »Du kannst meine Doc Martens haben. Komm zu Mama …«

Als Fussel die Nase um die Ecke steckte und schnüffelte, packte Hojo ihn blitzschnell und hielt ihn fest. Fussel schnappte nach dem Stiefel und begann zu kauen.

»Na also, mein Junge.« Hojo kraulte ihn am Kopf. »Ich weiß, dass du mich vermissen wirst. Aber wenn ich zurückkomme, spielen wir *Schnapp nach der Hecke,* okay?« Fussel schnurrte. »Und jetzt ab in mein Zimmer mit dir.« Hojo rannte mit ihm die Treppe hinauf. Eine Tür schlug zu und kurz darauf erschien meine Schwester wieder und strich ihre schwarze Bobfrisur glatt.

»Hast du gerade von Pudeln gesprochen, Mom?«, fragte sie.

»Ja. Die Bakers bringen ihre Schoßhündchen mit.«

»Echt jetzt?« Grog ließ auch noch die andere Gabel los. Sie fiel zu Boden. »Ich dachte, wir nehmen keine Haustiere mit auf die Reise.« Er sammelte sein Besteck auf und versuchte, cool zu wirken, aber ich sah, wie die Gabel in seiner Hand zitterte.

»Aye«, mischte Dad sich ein. »Diesmal machen wir eine Ausnahme. Die Bakers haben für beide Hündchen den vollen Preis gezahlt.«

»Ugh«, grunzte Grog. »Das ist echt nicht okay. Ihr könnt doch nicht die Regeln ändern, nur, weil diese Leute reich sind.«

»Ich finde es toll«, meinte Hojo.

»Gut«, stellte Mom zufrieden fest. »Denn wie ihr ja wisst, wird jeder von uns heute auf einen unserer Gäste aufpassen. Dad und ich übernehmen Mr und Mrs Baker. Grog und Hojo kümmern sich jeweils um einen Hund, und Zack ist für Mikey, das Geburtstagskind, zuständig.«

»Juhu!«, rief Hojo und ließ sich aufs Sofa fallen. »Ich *liebe* Hündchen! Haben sie große Zähne?«

»Ugh. Wie wär's, wenn Hojo sich um beide Viecher kümmert?«, schlug Grog vor.

Mom schüttelte den Kopf. »Das wäre nicht fair.«

»Wisst ihr, was? Grog kann Mikey übernehmen und ich den Hund«, schlug ich vor. Ich war sicher, dass ich eher dazu kommen würde, die Aufsätze zu schreiben, wenn ich nur ein Haustier beaufsichtigen musste.

»Hört sich gut an«, sagte Grog.

»Äh, nein«, widersprach Mom. »Mikey ist neun. Zack ist etwa in seinem Alter. Da ist es sinnvoller, dass er für Mikey den Aufpasser spielt.«

Ich seufzte. Mom hatte natürlich recht, aber ich war mir ziemlich sicher, dass das nicht der eigentliche Grund war. Als meine Geschwister bei einer unserer Reisen auf jemanden aufpassen sollten, war das arme Kind fast von einer Herde Bullen niedergetrampelt worden, weil Grog mit einem spanischen Mädchen geflirtet und Hojo sich in die Bullenjagd gestürzt hatte.

Manchmal hat man es nicht leicht, wenn man der Einzige mit Verantwortungsgefühl in der Familie ist.

Ich widmete mich wieder meinen Aufsätzen, aber ich kam nicht dazu, auch nur einen Satz zu schreiben. Denn da klopfte es an der Haustür und gleich darauf wurde sie einen Spaltbreit geöffnet.

»Huuhuu«, rief eine weibliche Singsang-Stimme. »Jemand zu Hause?«

Die Bakers waren da.

Kapitel 5

Mom öffnete die Tür und Mr und Mrs Baker kullerten herein wie zwei Kugeln aus einem Flipper-Automaten. Mr Baker war untersetzt und hatte einen kreisrunden Kopf mit dünnen braunen Haaren, die er sorgfältig über seinen kahl werdenden Schädel gekämmt hatte. Er trug ein grellgrünes Polohemd, blaue Golfshorts und glänzende weiße Schuhe, die bei jedem Schritt auf dem Holzfußboden quietschten.

Mrs Baker war genauso stämmig wie ihr Mann, nur dass sie einen halben Kopf kleiner und ganz in Pink angezogen war - pinkfarbenes Kleid, pinkfarbene Schuhe und dazu eine pinkfarbene Handtasche, aus der zwei kleine Pudel mit pinkfarbenen Haarschleifen spähten. Sogar ihre Pausbacken leuchteten pink und ihr blond gesträhntes Haar hatte einen pinken Schimmer.

Nicht gerade typische Normalos, die beiden. Aber eigentlich war das kein Wunder. Ich meine, wer bucht schon online eine Zeitreise bei einer Truppe tanzender Teddybären? (Das ist eine »rhetorische« Frage. Wie du siehst, passe ich im Unterricht manchmal auf, statt in »dieses kleine Comicheftchen zu kritzeln«, wie Mrs Walkers immer behauptet. Abgesehen davon ist es kein Comicheft, sondern eine Graphic Novel. Aber ich schweife ab.)

Ich fragte mich, wo das Geburtstagskind blieb. Von einem Jungen war weit und breit nichts zu sehen. Einen Augenblick lang gab ich mich der Hoffnung hin, dass er gar nicht mitgekommen war. Dann würde ich vielleicht die Aufsätze fertig schreiben können!

»Guten Tag«, sagte Mr Baker. »Ein hübsches Heim haben Sie da.« Er ging schnurstracks zu unserer ägyptischen Wasserpfeife. »Was für ein faszinierendes Waldhorn.« Er nahm die Pfeife in den Mund und blies hinein wie in eine Trompete.

»Verzeihen Sie, werter Herr«, begann Dad. »Aber das ist eine …«

Mr Baker ignorierte Dad und blies noch etwas fester, aber es kam trotzdem kein Ton heraus.

»Wie schade, dass es kaputt ist.« Mr Baker stellte die Wasserpfeife wieder zurück und ging weiter zur Ritterrüstung. Er klappte das Visier auf und zu und spähte hinein.

Dads Augenlid fing an zu zucken. Dazu nur so viel: Er mag es nicht besonders, wenn andere Leute seine Beute betatschen. Nicht einmal Mom durfte das.

Mrs Baker zog ein Handy aus ihrer voluminösen pinkfarbenen Tasche und hielt es hoch. »Tss, tss«, sagte sie. »Hier ist der Empfang ja fürchterlich.« Sie tippte auf den Bildschirm. »Ich hoffe doch, dass es unterwegs besser ist. Ich erwarte nämlich einen äußerst wichtigen Geschäftsanruf.«

»Tut mir leid, gnädige Frau«, erwiderte Mom bedauernd. »Und da wir gerade von Handys sprechen, sie sind nicht …«

»Ich bin die Top-Glitzerdiamant-Beraterin bei Träume-in-Pink-Kosmetik«, verkündete Mrs Baker. Na, das erklärte zumindest ihr Aussehen. Ich warf einen Blick nach draußen.

Jep, auch das Auto war pink. Sie hatte also schon jede Menge Lippenstifte verkauft.

Mrs Baker griff noch mal in die Handtasche und holte eine Hochglanz-Visitenkarte (natürlich in Pink) hervor und drückte sie Mom in die Hand.

»Ihrer Haut würde ein bisschen Tönungscreme nicht schaden«, erklärte sie. »Rufen Sie mich einfach an. Ich gebe Ihnen den Rabatt für Freunde und Familienmitglieder.«

»Ach, vielen Dank«, sagte Mom höflich, obwohl sie nie Make-up trug, abgesehen von einem gelegentlichen Tupfer Rouge auf ihren Wangen – und das auch nur zu besonderen Anlässen. Sie lebte zwar im einundzwanzigsten Jahrhundert, war aber im Herzen immer noch eine Frau aus dem viktorianischen Zeitalter geblieben.

»Hm.« Mrs Baker beugte sich vor und deutete auf Moms Stirn. »Und ein Hauch von unserer Zauberglanz-Tagescreme würde die Furchen auf Ihrer Stirn im Nu verschwinden lassen. Sie könnten im Handumdrehen zehn Jahre jünger aussehen!«

»Wie bitte?« Mom richtete sich auf. »Das sind meine Denkfalten. Eine für jede meiner besten Erfindungen. Ich bin ziemlich stolz darauf.«

»Oh, nun ja …«, stammelte Mrs Baker.

Dad ging zu Mom und tätschelte ihren Rücken. »Recht hast du, meine Liebe. Du bist das hübscheste Mädchen auf den sieben Weltmeeren!«

Mom lächelte. »Danke, Jack, mein Schatz.«

»Aye«, fuhr Dad fort. »Erst recht, wenn man bedenkt, dass du vor hundertzweiundsechzig Jahren geboren wurdest!«

Mom sah ihn aus zusammengekniffenen Augen an und zwischen ihren Augenbrauen bildete sich eine steile Ärgerfalte.

Inzwischen war Mr Baker durchs Zimmer gegangen und vor einer Vitrine stehen geblieben, in der sich ein langes silbernes Schwert befand.

»Das ist aber ein interessantes Stück.« Er schob den Riegel zurück und öffnete schwungvoll die Glasabdeckung. Dad kippte vor Entsetzen fast aus den Latschen. Mit wenigen Schritten war er bei ihm und schlug Mr Bakers Hand weg, ehe der seine Finger um den vergoldeten Schwertgriff legen konnte.

»Hände weg, Freundchen!«, knurrte Dad. »Das gehörte Blackbeard höchstpersönlich.«

Mr Bakers buschige Augenbrauen schossen in die Höhe. Er ließ die Hand sinken und lachte. »Der war gut. Das ist eine hervorragende Nachbildung! Aber Blackbeard hat einen Speer gehabt und kein Schwert, das weiß doch jeder.«

Dad kam nicht mehr dazu, ihm zu widersprechen (immerhin war das ein Gebiet, auf dem er sich auskannte), denn plötzlich ertönte ein merkwürdiges Jaulen aus der Küche, wo Grog saß. Er hievte seine Riesenfüße auf den Tisch und blickte nervös unter seinen Stuhl, wo die zwei Mini-Pudel im Kreis herumrannten, in die Luft sprangen und kläfften.

»Grog!«, rief Mom. »Füße vom Tisch.«

Mein Bruder zog die Knie bis ans Kinn, stellte die Füße auf den Stuhl und beäugte die beiden Hunde, als wären es zwei Haie, die ihn umkreisten. »Warum machen sie das?«, fragte er in seiner Ich-bin-ein-cooler-Typ-Stimme.

»Ach, tut mir leid.« Mrs Baker eilte zu ihm und nahm die beiden Hunde hoch. »Pip und Pop meinen das nicht so. Sie sind nur hungrig. Auf dem Weg hierher haben sie sich übergeben. Den Ärmsten wird im Auto immer schlecht.« Sie kraulte ihre wuscheligen Köpfe. Hojo ging zu ihr und kitzelte die Hunde an der Schnauze.

»Na, ihr zwei süßen kleinen Futzi-Wutzis«, gurrte sie.

»Entschuldigung, haben Sie gesagt, dass den Hunden im Auto schlecht geworden ist?«, fragte Mom.

»Ach ja, die armen Kleinen«, antwortete Mrs Baker. »Aber für unseren Ausflug sind sie schon wieder fit. Die Zeitreise ist doch keine holprige Angelegenheit, oder?«

Mum zuckte zusammen. »Ehrlich gesagt kann es sogar sehr holprig werden. Es ist nichts für schwache Mägen.«

Sie hatte recht. Ich hatte mich selbst schon einmal übergeben, als wir auf einer Zeitreise ziemlich durchgerüttelt worden waren. Ich wusste nicht, worüber Mom sich damals mehr aufgeregt hatte: Darüber, dass mir schlecht geworden war, oder darüber, dass ich die Polster der Besuchersitze vollgekotzt hatte.

»Wie wär's, wenn Sie sie hier zurücklassen?«, schlug Mom vor.

»Oh, aber Pip und Pop mögen es gar nicht, daheimgelassen zu werden«, sagte Mrs Baker. Die Hunde sprangen auf den Boden und schnüffelten umher. »Andererseits scheint es ihnen hier gut zu gefallen. Vielleicht könnte jemand bei ihnen bleiben.«

»Hojo?«, fragte Mom.

Hojo war hin- und hergerissen. »Aber Mom, es ist doch die Tour für furchtlose Krieger ...«

Ich bin nicht dumm. Ich erkenne eine Gelegenheit, wenn sie sich mir bietet.

»Ich mache es!«, sagte ich. Das wäre perfekt. Wenn ich auf die Hunde aufpasste, konnte ich in aller Ruhe Sam und Craigs Aufsätze fertig schreiben und hätte vielleicht sogar noch etwas Zeit, um am vierten Kapitel meiner Graphic Novel weiterzuarbeiten, die von den Abenteuern einer Zeitreise-Familie handelt. Ja, ich weiß, das ist nicht besonders einfallsreich. Aber wie sagt Mrs Walker immer? Man soll über das schreiben, was man kennt.

Außerdem ist in meinem Buch alles ganz anders als in Wirklichkeit. Das fängt schon damit an, dass die Hauptfigur (die zufälligerweise genauso aussieht wie ich) total cool ist und nie Prügel abkriegt. Außerdem reist die Familie in meinem Buch in die Zukunft, was meine eigene Familie niemals tun würde.

Keine Ahnung, warum.

Dad behauptet, dass er allein beim Gedanken daran Migräne bekommt. Was hoffentlich nicht bedeutet, dass die Erde im Jahr 2045 oder so mit einem Asteroiden zusammenkracht. Oder dass Argentinien die Weltmeisterschaft gewinnt. Das wäre eine Zukunft, auf die ich nicht gerade scharf bin.

»Nein, das geht nicht«, sagte Mrs Baker. »Wir möchten, dass Zack dabei ist, damit unser kleiner Mann einen Freund zum Spielen hat.«

Zum Spielen? Waren wir Sechsjährige oder was?

Aus der Ecke war wieder ein seltsames Jaulen zu hören. Von Grog, der inzwischen gar nicht mehr wie ein Höhlenmensch klang.

»Ich habe die Lösung.« Mrs Baker deutete auf meinen Bruder, der jetzt so tat, als würde er die Vorhänge aus Versailles zurechtzupfen, während er gleichzeitig versuchte, den beiden Pudeln auszuweichen, die nach seinen Füßen schnappten. »Pip und Pop scheinen ganz angetan von dem großen Kerl da drüben zu sein. Wie wär's, wenn er hierbleibt und auf sie aufpasst?«

Grog und ich öffneten den Mund, um zu protestieren, aber Mom ließ uns gar nicht erst zu Wort kommen.

»Abgemacht«, sagte sie. »Dann lassen Sie uns nun die Vorbereitungen für die Reise treffen.«

»Fehlt nur noch das Geburtstagskind …«, meinte Mr Baker. »Warum braucht der junge Mann so lang?«

»Er ist noch beim Frühstück«, erklärte Mrs Baker und streckte den Kopf zur Haustür hinaus. »Miiiiikeeeey!«

Draußen hörten wir, wie eine Autotür zuschlug und jemand Richtung Haus schlurfte. Dann füllten die Umrisse eines Jungen im wahrsten Sinne des Wortes fast den ganzen Türrahmen aus. Er drehte sich zur Seite, zog den Bauch ein und kam mit einem breiten Grinsen zur Tür herein. Ein Schokomilchbart zierte sein Gesicht.

»Jo, Leute«, sagte er. »Wann fängt die Party endlich an?«

»Mikey!«, rief Mrs Baker. Sie griff in ihre Tasche und zog einen spitzen Geburtstagshut und grellbunte Luftballons hervor. »Wir fangen an, sobald du das hier aufgesetzt hast.« Sie stülpte den Hut auf sein zerzaustes blondes Haar und befestigte das Elastikband unter seinem Kinn. Seine Milchbartspitzen sackten nach unten.

»Ich kann es nicht fassen, dass ich so ein Ding aufsetzen muss«, murrte er.

»Aber es ist doch dein Geburtstag, Mikeylein!«, erwiderte Mrs Baker. »Keine Sorge, für deinen neuen Freund hab ich auch einen.« Sie griff erneut in ihre Tasche und setzte mir ebenfalls einen Hut auf. Das Elastikband schnitt in mein Kinn.

Hojo unterdrückte schnaubend ein Lachen. »Mit diesem Teil kannst du die zwei Rowdys an deiner Schule abschrecken«, flüsterte sie.

Ich warf ihr einen finsteren Blick zu und nahm den Hut ab.

Da klatschte Mom in die Hände und scheuchte alle zum Küchentisch.

»Bitte«, sagte sie. »Nehmen Sie kurz Platz, damit wir die Regeln durchgehen können.«

»Regeln?« Mikey knuffte mich mit dem Ellbogen in die Seite. »Laaaangweilig. Stimmt's, Kumpel?«

Ich sagte kein Wort. Ich würde mich hüten, Moms Ansprache zu unterbrechen. Wenn es etwas gab, das Mom ernst nahm, dann waren es die Regeln.

»Nun gut«, begann Mom. »Zeitreisen sind zwar vollkommen sicher und GANZ UND GAR UNGEFÄHRLICH, dennoch gibt es bestimmte Vorschriften, die einzuhalten sind.« Sie räusperte sich. »Regel Nummer eins: Erregen Sie keine Aufmerksamkeit. Wir sind nur Gäste und mischen uns nicht in die Angelegenheiten anderer Leute.«

Mikey nickte. Sein greller Hut wippte auf und ab. Ich beugte mich zu ihm und zog das Ding von seinem Kopf.

»Tut mir leid«, sagte ich zu seiner Mutter. »Den hier werden wir zurücklassen müssen. Wegen Regel Nummer eins.« Mrs Baker runzelte die Stirn. Mikey grinste, hob die Hand und wir klatschten uns ab.

»Danke, Kumpel«, meinte er. »Du hast was bei mir gut.«

»Regel Nummer zwei«, fuhr Mom fort. »Es ist verboten, Souvenirs jedweder Art in unsere Zeit mitzubringen, auch wenn Sie dafür bezahlen.«

(Was Regel Nummer zwei anging, nahmen meine Eltern es selbst nicht so genau. Aber ihnen war nichts anderes übrig geblieben, als die Regeln aufzustellen, nachdem einer ihrer Kunden sich besonders schlau vorgekommen war und die Mona Lisa kaufen wollte. Direkt von da Vinci.)

»Und zuletzt, Regel Nummer drei: Sprechen Sie mit niemandem, außer untereinander oder mit einem Ihrer Reiseführer. Wenn Sie sich mit Einheimischen unterhalten wollen, dann nur mit uns als Vermittler. Wir haben spezielle Übersetzungsgeräte, die eine vernünftige Kommunikation ermöglichen, ohne allzu viel Verwirrung zu stiften. Verstanden?«

»Heißt das, dass Sie für uns verhandeln, wenn wir ein Souvenir erstehen wollen?«, fragte Mrs Baker.

»Nein!«, antwortete Mom. »Es wird überhaupt keine Souvenirs geben und auch keine Gespräche mit Einheimischen. Sie werden sich nur mit uns unterhalten. Wir können in diesem Geschäft nur dann erfolgreich sein, wenn wir durch alle Epochen hindurch gute Beziehungen unterhalten.«

»Natürlich, natürlich«, sagte Mr Baker. Er beugte sich vor und flüsterte laut in Mrs Bakers Ohr: »Spiel einfach mit, Schatz. Sie scheinen diese historische Show sehr ernst zu nehmen. Das haben sie wahrscheinlich in der Schauspielschule so gelernt.«

Mrs Baker nickte.

Ich sah Hojo mit hochgezogenen Augenbrauen an. Sie schüttelte den Kopf, hielt den Finger an die Stirn und machte das Zeichen für »plemplem«.

»Aye«, stellte Dad zufrieden fest. »Das wäre also geklärt. Wenn Sie jetzt noch unseren Geheimhaltungsvertrag unterschreiben, dann können wir die Segel setzen.«

Dad holte den tragbaren Papierhalter hervor, Moms Version eines Klemmbretts. Ein halbes Dutzend Blätter flatterte zu Boden. (Hey, ich habe nie behauptet, dass es eine besonders gute Erfindung ist.) Dad sammelte sie auf und reichte den Stapel an Mr Baker weiter, der seine Lesebrille aufsetzte.

»Hm, okay. Jaja.« Er überflog das Geschriebene, kniff die Augen zusammen und nickte anwaltsmäßig.

»Das scheint alles seine Ordnung zu haben«, befand er, was mich wunderte, da die Hälfte der Blätter kopfüber lag. Mr Baker setzte schwungvoll seine Unterschrift auf das letzte Blatt und reichte es an Mrs Baker weiter, die ebenfalls ihren Namen darunterkritzelte. Zuletzt unterschrieb auch Mikey und hinterließ dabei einen Fleck, der verdächtig nach Traubengelee aussah.

»Wunderbar«, sagte Dad und stand auf. »Ahoi, Matrosen! Auf zur Zeitreisemaschine.«

Kapitel 6

Jede Wette, du stellst dir eine Zeitreisemaschine als supercooles, futuristisches Gefährt mit blinkenden Lichtern, einem großen Hightech-Armaturenbrett und womöglich sogar mit Raketenantrieb vor.

Tja, darf ich vorstellen? Das ist unser …

Wohnmobil.

Du hast richtig gelesen. Ein Wohnmobil. Nicht nur irgendein Wohnmobil, sondern ein echter Winnebago - eine Wohnung auf Rädern, wie du sie auf jedem x-beliebigen Campingplatz findest. Zugegeben, unsere Zeitreisemaschine war nicht immer ein Wohnmobil. Moms erste Maschine war eine viktorianische Postkutsche. Sie war zwar cool, aber nicht sehr groß gewesen. Und als Grog in unsere Familie kam, wurde es darin ziemlich … eng und miefig.

Da entdeckte Mom dieses Wohnmobil aus dem Jahr 1994 in einer Onlinekleinanzeige - mit Polstersitzen, Becherhaltern und Toilette an Bord. Es war Liebe auf den ersten Blick.

Abreisebereit marschierten wir alle nach draußen und Dad zog schwungvoll die Abdeckung vom Winnebago. Alle außer ihm hielten sich schützend die Hand vors Gesicht.

»Ta-da! Eine echte Schönheit, nicht wahr?«, rief er begeistert. Während die meisten Winnebagos einfach nur weiß

waren oder allerhöchstens beige, erstrahlte unserer in allen Regenbogenfarben. Das Wohnmobil sah aus, als hätte es ein Einhorn vollgespuckt.

Mr Baker nahm die Hand von den Augen. »In der Tat, das ist sehr … bemerkenswert.«

Eins musste man dem Wohnmobil zugutehalten – es war zwar bunt, aber es blinkte nicht so grell wie die Website. Außerdem verdeckte die wilde Bemalung sämtliche Dellen und Kratzer, einschließlich der ballgroßen Beule an der linken Tür. (Kaum zu glauben, was einem auf der Zeitautobahn alles entgegenkommt. Nur so viel: Einstein wäre besser beraten, seine Boccia-Kugeln nur auf seinem Hinterhof zu werfen.)

»Mannschaft an Deck!« Dad winkte alle ins Wohnmobil.

Wir stiegen die Metallstufen hinauf. Drinnen hatte Mom alles so eingerichtet wie in ihrer alten Postkutsche. Es gab rote Samtsitze, gepolsterte Wände und einen Fransenvorhang, der den Passagier- vom Fahrerbereich trennte.

»Das ist ja wundervoll«, schwärmte Mrs Baker.

»Vielen Dank«, antwortete Mom erfreut. »Ich habe es selbst entworfen. Bitte machen Sie es sich bequem.« Sie deutete auf die Passagiersitze, dann gingen sie und Dad nach vorne in die Fahrerkabine und zogen den Vorhang zu.

Mr und Mrs Baker nahmen nebeneinander Platz. Hojo, Mikey und ich ließen uns auf die zwei Bänke auf der linken Seite plumpsen. Dad hatte bereits den Schlüssel ins Zündschloss gesteckt, da sah ich durchs Fenster, wie Grog auf einem Bein in unseren Garten gehüpft kam, während Pip und Pop nach seinen Füßen schnappten.

Dann - puff! - war Grog nicht mehr zu sehen und der Winnebago sauste mit Dad am Steuer rückwärts über die Zeitautobahn. Wir brausten die Straße entlang und erwischten jedes Schlagloch. Leider war Dad nicht der allerbeste Fahrer. Aber wenn er hinten saß, übergab er sich sofort, deshalb mussten wir uns mit seinen Fahrkünsten begnügen (auch wenn von Künsten nicht die Rede sein konnte).

Ich kramte mein Geschichtsbuch und einen Schreibblock hervor, in der Hoffnung, dass ich vielleicht ein bisschen an Sam und Craigs Aufsätzen weiterschreiben konnte. Aber dann zog Mikey seine PlayStation PS Vita heraus und fing zu spielen an. Blecherner Konsolen-Sound vermischt mit schrillen Pieps- und Klingeltönen dröhnte durch das Wohnmobil. Ich stöhnte. Dads Fahrstil und jetzt auch noch dieser Lärm! Wie sollte ich da jemals irgendetwas aufs Papier bringen?

Hojo holte einen Wurfstern hervor und begann, die Spitzen zu polieren. Alle paar Minuten warf sie Mikey, der mit seinem Spiel beschäftigt war, einen bösen Blick zu. Na toll. Würde ich Mikey jetzt auch noch vor meiner Schwester beschützen müssen? Ich schlug das Kapitel über Wikinger auf und fing an, mir Notizen zu machen.

Nach einer Weile glitt der Vorhang zur Seite und Mom kam herein. Sie hielt sich an den Wänden fest, um nicht hinzufallen, weil Dad den Winnebago um irgendwelche Quantentrümmer herumlenkte. »Geht es allen gut?«, fragte sie.

»Aber ja doch«, antwortete Mr Baker und schluckte. Er blickte aus dem Fenster. »Ich weiß, dass wir die Stadt hinter uns gelassen haben. Aber ich kann nicht behaupten, dass ich irgendeine dieser Straßen kenne.«

»Natürlich nicht«, sagte Mom. »Wir befinden uns derzeit auf der Zeitautobahn, genauer gesagt in der siebten Dimension. Dorthin kommt man nur, wenn man mit dem Autoschlüssel den speziellen Zündmechanismus der Zeitreisemaschine in Gang setzt.« Sie deutete nach draußen auf die Ausfahrten und zahlreichen Abzweigungen. »Das alles sind Wege zu verschiedenen Stationen der Geschichte.«

»Aber hier gibt es gar keine Verkehrsschilder!«, rief Mrs Baker. »Woher wissen Sie, ob Sie auf dem richtigen Weg sind?«

»Zum Glück haben wir ZPS«, erklärte Mom. »Das Zeitpositionssystem. Es ist sehr zuverlässig.«

Na klar doch. Meistens jedenfalls. Wenn man nicht gerade in Pompeji landet, während der Vesuv ausbricht. Das ist ein Fehler, den man nur ein Mal macht.

»Und warum fahren wir rückwärts?«, wollte Mr Baker wissen. Mikey hörte eine halbe Sekunde lang auf zu spielen. »Pff, weil wir in die Vergangenheit fahren.«

»Da hat der junge Mann recht«, erwiderte Mom.

Mr Baker grinste. »Du bist ja so schlau, mein kleiner Mikki-Wikki.«

»Also gut«, sagte Mom. »Sie wissen ja, dass unser erster Halt im Mexiko des vierzehnten Jahrhunderts sein wird. Dort werden wir eine Gruppe von aztekischen Kriegern besuchen und an einer Schokoladenprobier-Zeremonie teilnehmen.«

»Schokolade?«, fragte Mikey. »Cool. Ich bin am Verhungern.«

»Echt jetzt?«, sagte Hojo. »Hast du nicht erst vor zwanzig Minuten gefrühstückt?«

»Na und?«, erwiderte Mikey. »Zwanzig Minuten sind eine Ewigkeit.«

Hojo schüttelte den Kopf und verstaute den Wurfstern zum Glück in ihrer Hosentasche. Puh.

»Um nicht aufzufallen, ist es ratsam, dass wir echte Aztekenkleidung tragen«, fuhr Mom fort. »In unserer Garderobe finden Sie alles, was Sie brauchen.« Sie deutete auf eine Roll-Kleiderstange im hinteren Teil des Wohnmobils, an der eine Reihe von Kostümen hing. Jedes Mal, wenn Dad etwas zu schwungvoll um die Kurve fuhr, schlitterte das Gestänge über den Boden. Also praktisch immer.

Quietsch. Die Kleiderbügel schrammten über die Metallstange.

»Die Kleider sind nach Epochen und Zivilisationen geordnet«, erklärte Mom weiter. »Lassen Sie sich Zeit und suchen Sie sich etwas Passendes aus.«

Mrs Baker durchstöberte die Kostüme. »Oh, wie amüsant«, sagte sie und zog ein aufwendig gearbeitetes aztekisches

Priesterinnengewand vom Bügel. »Wo können wir uns umziehen?«

Mom deutete auf eine geschlossene Tür. »Im Umkleideraum natürlich.«

(Ich sollte vielleicht darauf hinweisen, dass »Umkleideraum« eine großzügige Umschreibung ist, genauso wie die »Garderobe« eigentlich nur aus einer Kleiderstange besteht. Der Umkleideraum ist in Wirklichkeit eine Toilette. Eine *winzige* Toilette. Ich bin eindeutig der Kleinste in unserer Familie, aber sogar ich habe Mühe, mich darin umzuziehen, ohne in die Kloschüssel zu fallen.)

Mrs Baker verschwand in der Kabine und schloss die Schiebetür hinter sich. Lautes Scheppern und Stöhnen war zu hören und ab und zu ein paar unfreiwillige Toilettenspülungen, ehe sie wieder herauskam. Sie hatte sich in ein langes weißes Kleid gezwängt, auf dem vorne ein Sonnenrad prangte.

»Na?«, fragte sie stolz und strich sich das Haar glatt. »Was sagt ihr dazu?«

»Atemberaubend, meine Liebe«, antwortete Mr Baker. Er nahm sich das Kostüm eines Aztekenkriegers und quetschte sich in die Umkleide. Wieder war lautes Ächzen zu hören. Als Mr Baker herauskam, war sein linker Ärmel blitzblau vom Toilettenreiniger und sein Gesicht hochrot.

Verstehst du jetzt, wie ich das mit der Toilettenschüssel gemeint habe?

Dann war ich an der Reihe. Ich zog das kleinste Kriegerkostüm an, das ich finden konnte. Leider war es immer noch sechs Kleidergrößen zu groß. Ein heftiger Windstoß und ich würde passend zu Mrs Bakers Sonne den Mond abgeben.

Auch die anderen zogen sich rasch um. Alle außer Mikey, der in sein nervtötendes Spiel vertieft war.

»Komm, mein Sohn«, sagte Mr Baker. »Du bist dran.«

»Hä? Was?«, fragte Mikey und blickte kurz auf.

»Wir müssen uns für unsere erste Station umziehen.« Mr Baker deutete auf die Kleiderstange.

»Ach so, ja.« Mikey legte seine PS Vita weg, schnappte sich die erstbesten Klamotten und verschwand auf der Toilette.

Als er fünf Minuten später wieder herauskam, sah er aus wie ein … Höhlenmensch/Krieger/Fußballspieler? So genau konnte man das nicht sagen. Er hatte sich einen Stofffetzen wie einen Lendenschurz über die Unterhose geschlungen, dazu einen Brustpanzer umgeschnallt und einen Lederhelm aufgesetzt.

Hojo schnaubte. Mom schüttelte den Kopf. Ich nahm ein anderes Outfit und reichte es Mikey.

»Probier das mal, Kumpel«, sagte ich.

Während Mikey sich in einen ordentlichen Azteken verwandelte, bog Dad mit dem Winnebago von der Zeitautobahn ab und kam quietschend zum Stehen.

»Jo-ho-ho!«, rief er. »Wir gehen vor Anker, Matrosen!«

Kapitel 7

»Ein Letztes noch, bevor wir nach draußen gehen«, sagte Mom. Sie ließ ihren Finger theatralisch in der Luft kreisen, ehe sie einen Knopf auf dem Armaturenbrett drückte. Die Lichter wurden gedimmt. Mrs Baker sah sich nervös in der Kabine um.

»Keine Sorge, meine Liebe«, beruhigte sie Mom. »Ich muss nur unser Zeitreise-Vehikel tarnen.«

An dieser Stelle ist, glaube ich, eine Erklärung nötig. Wir konnten so viele ausgefallene Kostüme anziehen, wie wir wollten, aber mit einer kunterbunten Wohnmobil-Kutsche fiel man unweigerlich auf. Daher hatte Mom coole Tarn-Abdeckungen für den Winnebago entwickelt. Jetzt konnte man ihn entweder als kleinen Grashügel tarnen oder als großen Felsbrocken oder als verrottenden Wal, der gestrandet war. (Frag nicht. Wenigstens hatte sie darauf verzichtet, auch noch Tarn*gerüche* einzusetzen.) Manchmal wünschte ich, sie würde eine Tarndecke für mich erfinden, damit ich mit meiner Umgebung verschmelzen könnte. Vielleicht eine, die mich aussehen lässt wie ein Stuhl. Dann würden Craig und Sam mich garantiert nicht bemerken. Aber bei meinem Glück würden die beiden Gorillas sich glatt auf mich draufsetzen.

Ich verstaute das Geschichtsbuch und die Notizen unter

dem Sitz und ging zur Tür, wo Dad gerade Zuckertütchen verteilte.

»Aye, Leute!«, sagte Dad. »Aztekische Schokolade brennt auf der Zunge, wenn man keinen Zucker drauftut. Harr!«

Mrs Baker streckte die Hand aus. Ihre dicken Wurstfinger waren unter all den glitzernden Klunkern kaum zu sehen. »Könnte ich stattdessen Süßstoff haben?«

Dad zog eine Augenbraue hoch und hielt ein Päckchen direkt vor sein »gutes« Auge.

»Nichts da. Wir haben nur hundertprozentigen, natürlich hergestellten Rohrzucker. Hervorragendes Zeug!« Dad lächelte stolz, sodass sein goldener Schneidezahn im Licht funkelte. Obwohl Dad schon mehr als ein Dutzend Jahre im einundzwanzigsten Jahrhundert lebt, ist er immer noch ganz hingerissen von der Tatsache, dass es Zucker in kleinen Tütchen gibt. Immer, wenn wir essen gehen, »erbeutet« er eine Handvoll davon. Was irgendwie doof ist. Im Pfannkuchen-Haus hatten wir bereits Hausverbot.

»Nun gut, dann lasst uns gehen!«, sagte Mom und öffnete die Tür.

Wir traten auf einen aztekischen Marktplatz hinaus, der von großen Steinpyramiden umgeben war. Hinter uns stand der als Fels getarnte Winnebago. Ich sah mich um. Merkwürdig ... warum war keiner da? Zu dieser Tageszeit war hier normalerweise viel los. Aber außer ein paar herumliegenden Decken, umgeworfenen Schüsseln und zerschlagenen Tontöpfen war nichts zu sehen. Sogar der Kanal, der mitten durch den Marktplatz floss, war trocken. In der Ferne stiegen Rauchsäulen in den Himmel.

Mikey drängelte sich vor und sprang die Stufen hinunter. »Hey! Wo gibt's die Schoko…«, fing er an.

WUMM!

Mikey landete auf seinem Hintern. Wir anderen wichen erschrocken zurück, als eine Kanonenkugel – eine echte Kanonenkugel! – keine fünf Meter von uns entfernt in die Erde einschlug. Mrs Baker stieß einen Schrei aus. Dad furzte. Mr Baker zuckte mit den Schultern und rieb sich das Kinn.

»Die Spezialeffekte sind nicht schlecht«, meinte er anerkennend. »Aber ich habe schon Besseres gesehen.«

Ich zog die Augenbrauen hoch. Glaubte Mr Baker etwa immer noch, dass dies nur eine Show war? »Spezialeffekte?«, flüsterte ich Hojo über die Schulter hinweg zu. »Wo verbringt dieser Typ seinen Urlaub? In Hollywood?« Meine Schwester gab keine Antwort. Ich drehte mich um, aber sie war nicht da.

Mrs Baker packte Mikey am Kragen. »Mikey-Hase, alles in Ordnung mit dir?«, fragte sie schrill.

Die Kanonenkugel hatte neben Mikey einen rauchenden Krater hinterlassen. Er stand auf und stieß eine Faust in die Luft.

»Waaahnsinn!«, rief er. »Wo geht's zum Schlachtfeld?«

Das war eine sehr gute Frage. Aber bevor jemand darauf antworten konnte, gab es einen Aufruhr an der größten Pyramide. Ich sah Dad fragend an.

Er zwirbelte an seinem Bart und ließ den Blick schweifen. »Potz Blitz noch mal!«, sagte er mit einem gequälten Lachen. »Wie es aussieht, sind wir ein bisschen vom Kurs abgekommen und ein wenig zu spät vor Anker gegangen.«

»Was soll das heißen?«, fragte Mr Baker. »Ist die Schokoladenzeremonie bereits vorbei?«

Dad räusperte sich. »Aye. Und zwar bereits seit zweihundert Jahren.«

»Dabei war ich so sicher, dass das ZPS funktionieren würde«, murmelte Mom enttäuscht.

Hojo suchte sich genau diesen Moment aus, um in voller Kriegermontur und mit erhobenem Speer auf den Stufen des Winnebago zu erscheinen. Sie sah sich zufrieden um und grinste.

»Das ist schon mehr nach meinem Geschmack!«, jubelte sie.

»Hojo!«, rief Mom. »Hast du etwa das ZPS verstellt?«

»Was denn?«, sagte Hojo. »Das hier ist die Tour für furchtlose Krieger und keine Koch-Show! Ich wollte nur helfen!«

Mom schüttelte den Kopf. »Und da ist dir nichts Besseres eingefallen, als uns mitten in den Kampf der Spanier mit den Azteken hineinplatzen zu lassen?«

»Ihr wolltet doch, dass alles möglichst echt ist«, rechtfertigte sich Hojo.

Wumm. WUMM! Die Erde bebte. In der Ferne schlugen weitere Kanonenkugeln ein.

»Hineinplatzen lassen?«, wiederholte Mrs Baker. Sie strich sich die Haare glatt, was völlig unnötig war, denn ihre Frisur war wie festzementiert.

»Mitten in ...«, setzte Dad an, wurde jedoch von weiteren Donnerschlägen unterbrochen. Und von lautem Geschrei einer Horde Krieger. Sie kamen hinter einer hohen Steinpyramide hervor, an deren Seite einige Stufen hinauf zu einer

Plattform auf der Spitze führten. Ich schauderte. Jede Wette, dass sie dort oben ihre Opfer darbrachten.

Die Krieger rannten auf uns zu, sie bildeten ein einziges Wirrwarr aus Federn, Fell und greller Kriegsbemalung. Die Männer bewegten sich im Gleichklang und man sah das Muskelspiel ihrer nackten Oberkörper.

Mr Baker zog den Bauch ein. »Donnerwetter, das nenne ich gut gelungene Kostüme!«, rief er und rückte seinen Brustpanzer zurecht. »Und seht euch nur die Gesichtsbemalung an, wie echt die aussieht!«

»Sie *ist* echt«, knurrte ich. Aber das Kriegsgeheul der Azteken war so laut, dass Mr Baker mich nicht hören konnte.

»Sie rufen etwas, Schatz«, versuchte seine Frau, den Lärm zu übertönen. »Kannst du verstehen, was sie sagen?«

»Kein einziges Wort«, erwiderte Mr Baker. »Warum müssen sie dieses ganze Theater in so einer Kauderwelsch-Sprache veranstalten?«

Ich stellte meinen genial-globalen Universalübersetzer ein. Auch eine von Moms Erfindungen. Dieses Gerät ermöglichte es uns, in der Sprache der jeweiligen Zeit mit den Leuten zu sprechen. Wie alles, was Mom erfunden hatte, funktionierte es … meistens. Zum Beispiel rätselte ich immer noch, warum mir die Dame auf dem Renaissance-Jahrmarkt eine Ohrfeige verpasst hatte. Dabei hatte ich doch nur ein Würstchen am Spieß von ihr kaufen wollen.

»Schnell! Hier drüben!«, brüllte einer

der Azteken und deutete in unsere Richtung. »Die Götter sind erzürnt!«

»Beeilt euch! Wir müssen die fremden Geister aufhalten!«

»Sie fordern uns auf, mit ihnen in die Schlacht zu ziehen«, übersetzte ich.

»Was?«, kreischte Mrs Baker.

»Oh, ein Mitmachspiel.« Mr Baker klatschte begeistert in die Hände. Hojo rannte bereits los, um sich der anrückenden Armee in den Weg zu stellen. Mikey trottete hinter meiner Schwester her.

»Jippie. Jetzt wird gerockt!«, rief er.

Mom stieß mich an. »Hol den Jungen zurück«, sagte sie. »Es ist deine Aufgabe, dafür zu sorgen, dass er bei der Gruppe bleibt. Wir können einen Vorfall wie damals in Pamplona nicht noch einmal gebrauchen.«

»Hey!«, brüllte ich und rannte hinter Mikey her. »Du kannst doch nicht einfach abhauen!«

Mikey blieb kurz stehen. »Warum nicht? Sie darf das doch auch.« Er deutete auf Hojo, die in geduckter Haltung inmitten einer Schar von Kriegern kauerte und ihnen zeigte, wie man seine Füße zum Kämpfen einsetzte. Einer der Männer schenkte ihr einen gefährlich aussehenden Knüppel. Selbst von hier konnte ich sehen, wie meine Schwester übers ganze Gesicht strahlte.

»Ich hab jetzt keine Zeit, Kumpel«, rief Mikey und rannte noch schneller weiter.

»Hojo!«, brüllte ich. »Wie wär's, wenn du mir zur Abwechslung mal hilfst?«

Sie hielt inne und sah mich an. Dann lief sie zu Mikey und

packte ihn an der Hose. Er versuchte trotzdem weiterzurennen.

»Immer mit der Ruhe, Kleiner«, sagte sie. »Ein Schlachtfeld ist kein Spielplatz.«

»So was von überhaupt nicht, Mann«, schnaufte ich, als ich die beiden eingeholt hatte. »Diese Typen verstehen keinen Spaß!«

»Ich weiß! Die sind ja sooooo cool.« Mikey strampelte mit den Füßen und versuchte sich loszureißen. »Meint ihr, sie lassen mich mit Pfeil und Bogen schießen?«

»Nein.«

»Vielleicht könnte ich ja ihren Kopfschmuck anprobieren?«

»Vergiss es.«

»Kann ich dann wenigstens mit ihnen reden?«

»Auf keinen Fall.«

Die Azteken liefen in eine andere Richtung davon und stießen lautes Kriegsgeheul aus.

Hojo machte ein finsteres Gesicht. »Das habt ihr toll gemacht, ihr Blödmänner«, beschwerte sie sich. »Jetzt habt ihr sie verscheucht. Dabei war ich gerade dabei, ein paar neue Kampftechniken zu lernen.«

Sie war so verärgert, dass sie richtig fest an Mikeys Unterhose zog und ihm einen Superhosenschnalzer verpasste.

»Hey!«, jaulte er auf. »Was soll das?« Er ließ die Schultern sinken. »Oh Mann, das ist die allerlangweiligste Geburtstagsparty aller Zeiten. Ich wollte ihnen doch nur ein paar Fragen stellen.« Er blies seine dicken Backen auf und schmollte.

In diesem Moment tat er mir sogar richtig leid. Mit Hosenschnalzern am Geburtstag kannte ich mich aus, dafür hatten Craig und Sam schon gesorgt. Ich dachte an die bescheuerten Aufsätze und wollte mir lieber gar nicht erst vorstellen, wie viele Hosenschnalzer ich kassieren würde, wenn ich mit leeren Händen in der Schule auftauchte. Wenn wir uns beeilten, konnte ich vielleicht ins Wohnmobil zurückkehren und mich endlich an die Arbeit machen.

»Wie wär's, wenn du einfach mir deine Fragen stellst?«, schlug ich Mikey vor.

»Dir? Was weißt du schon von Azteken?«

»Jede Menge.« Ich hatte meinen eigenen Aufsatz über die Azteken geschrieben.

»Okay«, sagte er. »Wieso tragen sie diese komischen Sachen?«

»Na ja«, fing ich an. »Die Kerle mit den Fellen sind Jaguarkrieger und die mit den Federn sind Adlerkrieger.«

»Sie kämpfen gegen Raubkatzen und Vögel? Das ist ja total abgefahren, Mann.«

»Nein«, erwiderte ich. »Ihre Verkleidung soll den Gegnern Angst einjagen.«

»Echt krass. Und was sollen diese Zacken an ihren Waffen?«

Hojo mischte sich ein, ehe ich darauf antworten konnte. Sie ist ein echter Waffennarr und kennt sich total gut aus.

»Diese Waffe nennt man Macuahuitl«, erklärte Hojo mit vor Begeisterung funkelnden Augen. Sie hielt den Knüppel hoch, den der Aztekenkrieger ihr gegeben hatte. »Er ist mit Obsidian-Splittern gespickt. Das ist vulkanisches Glas. Es ist unglaublich scharf.«

»Boah«, sagte Mikey. »Jede Wette, die können ziemlichen Schaden anrichten!«

Die Krieger hatten inzwischen kehrtgemacht und kamen wieder auf uns zu.

»Stimmt«, meinte ich. »Weshalb wir uns schleunigst aus dem Staub machen sollten.«

Hojo nahm ihre Angriffshaltung ein und hob das Macuahuitl, während Mikey nur dastand und die Krieger bewunderte.

»Wie schaffen sie es, dass diese Federn auf ihren Köpfen bleiben? Haben die so was wie Sekundenkleber?«, fragte er. »Und warum gackern sie beim Rennen wie eine Hühnerschar?«

»Keine Ahnung. Am besten, wir fragen Dad.« Ich deutete auf meine Eltern, die sich inzwischen auf einer herumliegenden Decke niedergelassen und eine große Schüssel zwischen sich gestellt hatten. Dad hielt ein viereckiges Stück Tierhaut hoch. »Er ist, ähm, eine Art Geschichtsexperte.« (Allerdings nur für jemanden, der historische Romane mag. Und zwar solche, die zu einem Prozent aus geschichtlichen Fakten und zu neunundneunzig Prozent aus Flunkereien bestehen.)

Mikey achtete nicht auf mich, sondern machte einen Schritt auf die Krieger zu.

Puh. Auf diesen Jungen aufzupassen, war echt eine Herausforderung.

»Komm mit«, bestimmte Hojo und zerrte an seiner Hose. »Zwing mich nicht dazu, dich noch mal an der Unterhose zu ziehen.«

»Okay«, seufzte Mikey widerwillig. »Aber nur, weil die Show mich langweilt. Und nicht, weil du es gesagt hast.«

»Mir egal, Hauptsache, du kommst mit«, meinte Hojo.

Wir kehrten zu den anderen zurück. Dad hockte gerade über der Schale und tat so, als würde er sich mit der Tierhaut den Hintern abwischen.

»Aye«, sagte er. »Wie Sie sehen, kannten die Azteken bereits das, was wir unter einem modernen Dixiklo verstehen.«

Ich verdrehte die Augen. Meines Wissens hatten die Azteken solche Schalen dazu benutzt, um ihren Mais fürs Abendessen einzuweichen. Ich spielte mit dem Gedanken, Dad zu korrigieren. Aber das wäre reine Zeitverschwendung gewesen. Die Lektion hatte ich gelernt, als ich einmal zwei Stunden lang erfolglos versucht hatte, ihm zu erklären, dass »Tut« die Abkürzung für König Tutanchamun war und nicht das ägyptische Wort für Zwerg.

Mrs Baker verzog das Gesicht. »Ach herrje, das sieht mir nicht gerade sehr hygienisch …«

Wusch!

Aus dem Nichts kam ein Pfeil angeflogen – direkt auf mich zu. Ehe ich einen klaren Gedanken fassen konnte, hatte Hojo mich beiseitegestoßen. Der Pfeil sirrte an mir vorbei und bohrte sich vor Mrs Bakers besonders spitzen Stiefelspitzen in die Erde.

Sie machte einen Riesensatz und fiel rücklings in die »Aztekentoilette«.

»Oh! Ihh!«, rief sie und ruderte mit den Armen.

Während die Aztekenarmee unter lautem Kriegsgeschrei den Marktplatz erstürmte, half Mr Baker seiner Frau seelenruhig beim Aufstehen. Wieder war ein Kanonenschlag zu hören, diesmal schon etwas näher. Die Spanier waren offenbar nicht mehr weit entfernt.

Mr Baker tätschelte seiner Frau beruhigend die Schulter. »Keine Sorge, Liebling«, sagte er. »Vor so einem Spielzeugding brauchst du dich nicht zu fürchten.« Sein Bauch schwabbelte über seiner Hose, als er sich bückte und den Pfeil aufhob. »Ordentliche Handwerkskunst. Oh, und spitz noch dazu.«

»Vorsicht, Dad«, rief Mikey. »Vielleicht ist der Pfeil vergiftet!«

Mr Baker zog hastig seine Finger zurück, dann kicherte er. »Ach was«, gluckste er vergnügt.

Mit gezücktem Knüppel hatte Hojo sich inzwischen zum Angriff geduckt. Mikey zupfte seine Mutter am Ärmel. »Schau dir den Knüppel an!«, raunte er, auf Hojo deutend. »So einen will ich auch, Mom. *Bittebitte?«*

Mrs Baker, die sich noch nicht ganz von ihrem Sturz erholt hatte, betrachtete das Macuahuitl. »Was für ein interessantes Spielzeug«, befand sie. »Wo kann ich so etwas für meinen kleinen Mikey kaufen?«

Mom schüttelte den Kopf. »Das ist kein Spielzeug.«

»Glauben Sie mir, das ist es wirklich nicht«, sagte Hojo nachdrücklich. Sie nahm das Stück Tierhaut und zerteilte es mit einem Hieb in zwei Hälften.

»Und genau deshalb lässt du dieses Ding hier«, bestimmte Mom.

Hojos Augenbrauen schossen in die Höhe. »Wie bitte?«

»Du kennst die Regeln. Keine Souvenirs …«

»Seit wann?«, fragte Hojo.

»Nicht vor den Gästen«, zischte Mom. »Und jetzt leg es weg.«

»Aber …«, bettelte Hojo.

»Kein Aber«, erwiderte Mom.

Hojo machte den Mund auf, kam jedoch nicht dazu, etwas zu sagen, weil mehrere federgeschmückte Krieger an uns vorbeirannten.

»Heda, Leute«, rief Mr Baker und winkte. »Sie machen das wirklich sehr gut. Nur so aus Neugier, wie halten Sie sich fit? Mit dem Crosstrainer? Krafttraining?« Er spannte seine nicht vorhandenen Muskeln an.

Niemand antwortete. Mr Baker knuffte Dad mit dem Ellenbogen in die Seite. »Wissen diese Leute überhaupt, dass wir hier sind?«

Dad nickte. »Aye, aber mit unserer Kampfkleidung fallen wir nicht weiter auf.«

Was, wie sich herausstellte, nicht so ganz stimmte.

Einige Azteken verlangsamten bei unserem Anblick ihre Schritte. Einer stieß seinen Nachbarn an und deutete auf Mr Baker, der immer noch den Aztekenpfeil hochhielt, um ihn sich genauer anzusehen. Dabei berührte er immer wieder die Pfeilspitze und murmelte »Autsch!«.

»Chicotlamati«, sagte ein Azteke. »Er sieht verdächtig aus.«

Ein anderer kniff die Augen zusammen und meinte: »Er trägt die Kleidung eines Kriegers, aber er ist kein Stammesangehöriger.«

»Warum tun sie so, als gehörten sie zu uns?«

Die Krieger tuschelten miteinander. Dann rief einer von ihnen laut: »Spione!«

Der andere hob seinen Speer. »Ergreift sie!«

Dad bemühte sich zu retten, was zu retten war, und lieferte den Bakers detaillierte Erklärungen zur Schlacht mit den Spaniern, um dann zu den weit weniger bekannten Auseinandersetzungen mit den Franzosen überzugehen und schließlich auf die zwischen den Azteken und den Kanadiern zu sprechen zu kommen. Seinen Ausführungen zufolge passierte all dies nur wenige Jahre, bevor die Azteken die Inlineskates erfanden.

»Hey, Leute!«, sagte ich.

Keiner beachtete mich. Stattdessen stierte Mikey die Azteken an und tat so, als würde er mit einem imaginären Bogen Pfeile auf sie abschießen. Mrs Baker zupfte ihr Kleid zurecht und lächelte. Mr Baker ließ erneut seine nicht vorhandenen Muskeln spielen, knurrte übertrieben gefährlich und lachte.

Die Krieger wurden immer wütender. Ihre Gesichter liefen unter der Kriegsbemalung rot an. Als sie dann auch noch mit erhobenen Speeren auf uns zumarschierten, versetzte ich Mom einen Stoß. Da fingen die Azteken an zu brüllen, und zwar alle gleichzeitig. Ich brauchte keinen Universalübersetzer, um zu begreifen, was los war.

»Echt jetzt: Hey, Leute!«, rief ich. »Mom! Dad!«

»Ach, du meine Güte!«, kreischte Mrs Baker. »Sie sehen aus, als wollten sie uns umbringen!«

Mr Baker klatschte. »Tolle Vorstellung! *Tolle* Vorstellung!«

»Nein, nein«, beteuerte Dad. »Sie wollen uns nicht umbringen.« Er winkte den Kriegern zu. »Ahoi, meine Lieben!« Die Blicke der Männer wurden noch finsterer.

»Oh, da bin ich aber froh«, seufzte Mrs Baker.

»Aye«, versicherte ihr Dad. »Sie wollen uns höchstens gefangen nehmen.«

Gefangen nehmen. Na toll. Was das bedeutete, wusste ich noch von meinem Aufsatz.

»Ja«, rief ich. »Damit sie uns das Herz herausschneiden und uns später als Opfer darbringen können!«

»Donnerwetter noch mal«, sagte Dad überrascht.

Mrs Baker wurde blass. Sie umklammerte den Arm ihres Mannes so fest, dass ihre Fingerknöchel weiß hervortraten.

»Was machen wir denn jetzt?«, wimmerte sie.

»Was für ein Spaß«, rief Mr Baker, ohne der Frage seiner

Frau auch nur die geringste Beachtung zu schenken. Genauso wenig wie der Tatsache, dass wir in Kürze zu Menschenopfern werden würden. »Alles sieht so *echt* aus!«

Ein weiterer Pfeil zischte an uns vorbei und prallte von dem »Felsen« ab, gefolgt von einem Schauer spitzer Speere.

»Das liegt daran, dass es echt IST«, sagte Mom.

Die Krieger rückten immer weiter heran. Inzwischen waren sie uns schon so nahe, dass ich jeden einzelnen ihrer Zähne und den Ausdruck in ihren Augen sehen konnte. Ihre Blicke verrieten mir, dass es absolut und ohne Zweifel allerhöchste Zeit war …

»HEY, LEUTE«, brüllte ich. »LAUFT!«

Kapitel 8

Dad drehte den Zündschlüssel und der Motor des Winnebago erwachte stotternd zum Leben. Wir anderen sanken atemlos auf unsere Sitze.

»Anker hoch und Segel hissen«, rief Dad und bog mit Höchstgeschwindigkeit auf die Zeitautobahn. Der Winnebago rumpelte über das erste Schlagloch und schlingerte nach rechts. Mr Baker umklammerte die Armlehnen und wurde noch grüner im Gesicht als Dad.

»Meine Güte, das ist ein härteres Training als die Spinning-Stunden, zu denen meine bessere Hälfte mich schleppt«, stieß er hervor. Mrs Baker nickte nur und zog ein winziges pinkfarbenes Döschen hervor, um sich die Nase zu pudern. Mikey lümmelte auf seinem Platz, seine Daumen flogen nur so über die Tasten der Playstation.

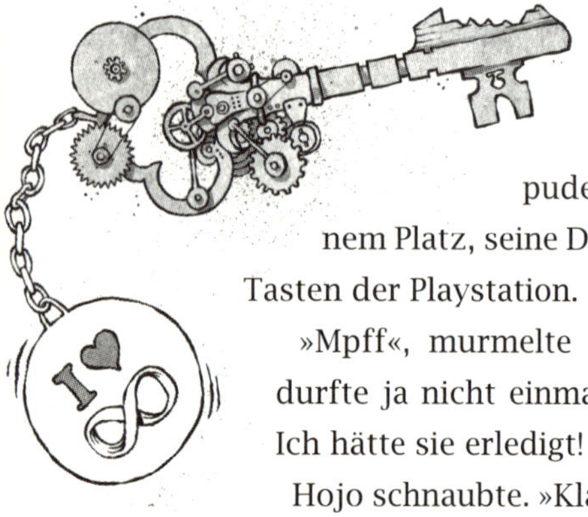

»Mpff«, murmelte er, ohne aufzublicken. »Ich durfte ja nicht einmal gegen die Typen kämpfen. Ich hätte sie erledigt! *Bäm! Bäm! Bäm!*«

Hojo schnaubte. »Klar doch. Aber höchstens in einem Daumen-Ringkampf.«

Mom versuchte, allem eine positive Seite abzugewinnen. Das war typisch. Sie schafft es sogar, dir einzureden, dass Rosenkohl lecker ist.

»Herrje, das war vielleicht aufregend, nicht wahr?«, sagte sie und lächelte strahlend. Aber ihr linker Mundwinkel zuckte ganz leicht. Das letzte Mal, als sie diesen Gesichtsausdruck aufgesetzt hatte, wollte sie mich zum Zahnarzt schleppen, damit ich einen Zahn gezogen bekam. »Keine Angst, es tut kein bisschen weh!«, hatte sie mir damals versichert.

Habe ich schon erwähnt, dass Rosenkohl alles andere als lecker ist? Und dass Zähneziehen alles andere als schmerzlos über die Bühne geht?

»Nur noch einmal zur Erinnerung«, begann sie und warf Hojo einen strengen Blick zu. »Keine unerlaubte Einmischung, verstanden?«

Hojo nickte. »Schon gut, Mom. Keine Einmischung.« Dann murmelte sie halb laut vor sich hin: »Das werden wir noch sehen.«

Der Winnebago machte eine scharfe Linkskurve.

»Aye!«, rief Dad vom Fahrersitz aus. »Auf geht's zur nächsten Station – ins England des fünfzehnten Jahrhunderts. Zu einem Ritterturnier!«

»Oh Mann.« Mikey rutschte noch tiefer in seinen Sitz. »In so einer dämlichen Burg war ich schon bei unserem Schulausflug vor einem Monat. Laaangweilig. Die Ritter hatten nicht einmal echte Rüstungen an!«

»Na, na, Mikey.« Mrs Baker strich ihrem Sohn über den Kopf. »Ich habe im Fernsehen gesehen, dass die Leute im

Mittelalter mit den Händen gegessen haben. Das wird bestimmt lustig! Stimmt's, junger Mann?« Mrs Baker sah mich flehentlich an.

»Ja, das wird fantastisch«, bestätigte ich.

Ehrlich gesagt war ich tatsächlich sehr gespannt. Ich war noch nie auf einem Turnier gewesen. Außerdem hoffte ich, dass ich eine Rüstung stibitzen konnte, um damit morgen in die Schule zu gehen. Die würde ich nämlich brauchen, wenn ich für Sam und Craig nur halb fertige Aufsätze dabeihätte. Die Chance, dass ich diese dämlichen Hausaufgaben fertig bekommen würde, war etwa so hoch wie die, dass meine Familie im Wettbewerb um die normalste Familie der Welt einen Preis gewinnen würde.

Ich hatte sämtliche Informationen aus meinem Geschichtsbuch verbraten und noch nicht einmal ein Viertel des ersten Aufsatzes fertig. An eine Internet-Suche war nicht zu denken. Im Raum-Zeit-Kontinuum gibt es kein WLAN. Und Handys zu benutzen, hat Mom streng verboten. Sie meint, dass Handys die Technik der Zeitreisemaschine stören könnten, und hatte daher vorsorglich den Handyempfang mit Störsendern unterbrochen.

Sie fuchtelte mit ihrem Handy herum und tippte auf den Bildschirm. »Ich kriege einfach kein Signal!«

»Gnädige Frau, wären Sie so freundlich, Ihr elektronisches Gerät auszuschalten?«, fragte Dad über die Schulter hinweg. »Es könnte Störungen im Steuerungssystem der Zeitreisemaschine verursachen.«

»Unsinn«, erwiderte Mrs Baker, ließ jedoch das Handy sinken. »Im Flugzeug behaupten sie das auch immer, aber ich habe noch nie davon gehört, dass ein iPhone einen Flieger zum Absturz gebracht hätte.«

»Wumm! Peng! Du bist erledigt, Alter«, rief Mikey. Seine Daumen rasten nur so über die Tasten. »Sieh dir das an, Zack. Ich habe es bis Level 47 geschafft!«

»Super, Kumpel«, brummte ich, ohne hochzuschauen. Ich griff nach meinem Geschichtsbuch, in der Hoffnung, ein paar Informationen zusammenkratzen zu können, die mir bisher entgangen waren. Der Winnebago holperte über das nächste Schlagloch. Die kleinen Buchstaben auf der Seite hüpften und tanzten vor meinen Augen und auch mein Magen hüpfte auf und ab.

»Ha!«, plapperte Mikey weiter. »Jetzt guck doch mal. Ich habe Bjorgolf den Tapferen besiegt.«

»Hm-hm«, murmelte ich und versuchte mich auf meine Arbeit zu konzentrieren.

»Hier, Mann!« Mikey hielt mir das Display unter die Nase. »Siehst du? Der Wahnsinn, oder? Ich will aber endlich Level 56 knacken. Ich spiele das Spiel schon seit Wochen und habe immer noch nicht Level 57 freigeschaltet!«

»Okay, okay«, murmelte ich geistesabwesend und warf einen Blick auf seine Playstation, wo kleine bärtige Männer mit gehörnten Metallhelmen auf dem Kopf herumrannten, mit Knüppeln drohten und wild durcheinanderschrien.

»Moment mal.« Ich blinzelte. »Sind das … *Wikinger?«*

Mikey nickte. *»Viking Quest* im Heldenmodus. Das. Beste. Spiel. Der. Welt.«

»Coooooool«, sagte ich langsam.

»Ja«, stimmte Mikey zu. »Wusstest du, dass die Wikinger

ihre Toten in Booten bestatten und aufs Meer hinausschicken? Aber erst nachdem sie sie angezündet haben?«

»Nein, das wusste ich nicht«, stellte ich erstaunt fest.

»Tja, ich schon«, prahlte Mikey. »Ich weiß *alles,* was es über Wikinger zu wissen gibt.«

»Tatsächlich?« Ich schlug das Geschichtsbuch zu. Eine Welle der Erleichterung erfasste mich. Würde mein Plan etwa doch noch aufgehen? Wer brauchte schon Google, wenn man diesen Jungen fragen konnte? »Erzähl weiter.«

»Okay!« Mikey setzte sich auf. »Als Erstes musst du wissen, dass Wikinger in der Schlacht mit Äxten kämpften. Ziemlich hart, was?«

Ich nickte und nahm Notizblock und Stift zur Hand.

Mikey fuhr sich über die Lippen. »Bevor sie zum Angriff übergingen ...«

Ich schrieb schnell mit.

»... gab es Musik«, fuhr er fort. Ich schrieb weiter.

»Und dann«, sagte Mikey, »führten sie alle zusammen einen Synchrontanz auf!«

Mein Stift kam abrupt zum Halt. *Wie bitte?*

»Sie konnten auch schweben«, erzählte Mikey zufrieden weiter. »Aber erst, nachdem sie den goldenen Fisch gegessen hatten. Das wissen nur die wenigsten. Man findet es nämlich erst heraus, wenn man Level 7 erreicht hat.«

Seufzend ließ ich meinen Stift fallen.

»Du hast recht.« Ich lächelte gequält. »Das wusste ich wirklich nicht. Danke. Du hast mir echt ... die Augen geöffnet.«

»Ha!« Hojo lachte. »Ihr müsstet euch mal hören. Ich wette, ihr wusstet nicht, dass die Wikinger totale Karaoke-Fans waren.«

»Wirklich?«, fragte Mikey. »Das wusste ich echt nicht. Cool!«

Hojo verdrehte derart heftig die Augen, dass ich beinahe befürchtete, sie würden in ihrem Kopf verschwinden. »Du bist ja noch dämlicher, als du aussiehst«, sagte sie. »Das hätte ich nicht für möglich gehalten.«

»Das bekomme ich oft zu hören«, erwiderte Mikey schulterzuckend und vertiefte sich wieder in sein Spiel.

Ich verstaute meinen Notizblock in der hinteren Hosentasche. Vielleicht konnte ich während des Ritterturniers schon mal eine grobe Themenübersicht aufstellen.

Mom kam nach hinten in die Kabine. »Alle mal herhören! Wir sind fast da«, sagte sie und klatschte in die Hände. »Höchste Zeit, die Turnierkleidung anzulegen.«

Einer nach dem anderen quetschten wir uns in die Toilette und zogen unsere Tuniken an.

Mr Baker stolperte beim Rausgehen über seine offenen Schnürsenkel. »Wenn wir in dieses Geschäft investieren, wird hier als Erstes ein anständiger Umkleideraum eingebaut«, befand er.

»Land ahoi, Matrosen!«, rief Dad vom Fahrersitz aus. »Alle Mann an Deck!«

Wir verließen den Winnebago und traten hinaus in helles Sonnenlicht.

Boah!

Es war … wie soll ich es beschreiben? *Un-glaub-lich.*

Vor uns erstreckte sich ein großer Turnierplatz. Auf den Tribünen zu beiden Seiten jubelten die Zuschauer. Bunte Zelte in Rot, Purpur und Gold waren über das staubige Gelände verteilt und beherbergten die Turnierteilnehmer und ihre Pferde. Gleich hinter den Zelten ragten die Türme einer Burg auf. Der Gesang der Barden und laute Dudelsackmusik waren zu hören. In der vordersten Reihe der Arena thronte das in purpurfarbene Gewänder gekleidete Königspaar auf einem erhöhten Podest. So etwas hatte ich noch nie gesehen. Obwohl ich mit meiner Familie schon viele coole Orte besucht hatte – das alte Ägypten, das Kolosseum in Rom, die Erde am Anfang der Zeiten –, erstaunte es mich jedes Mal aufs Neue, wie viele tolle Gegenden es noch zu entdecken gab. Wen kümmerte es, dass es hier nach Pferdemist und abgestandenem Bier roch und nach Menschen, die seit Monaten kein Bad mehr genommen hatten? Es war *fantastisch!* (Natürlich nur, solange man nicht allzu tief einatmete.)

Das Publikum johlte, als zwei Turnierreiter aufeinanderprallten und einer von ihnen im hohen Bogen durch die Luft flog und im Staub landete. Hojo stieß lautes Triumphgeheul aus.

Mikey versetzte mir mit dem Ellbogen einen Stoß in den Magen und deutete nach vorn. Seine Lippen bewegten sich, aber über den Lärm hinweg konnte ich nur Wortfetzen verstehen: »Manno! Da … wie wär's?«

Rückblickend hätte ich genauer zuhören sollen.

Während der glücklose Turnierritter vom Feld getragen wurde, verebbte der Lärm. Mom öffnete ihre Zeitreise-Geldbörse. Das war ein Apparat in vielen Farben und mit genauso vielen Fächern, in denen sich verschiedene Münzschlitze für die Währungen der unterschiedlichsten Epochen befanden. Sie nahm eine Handvoll Silberpennys heraus. Hojo streckte sofort die Hand aus. Mom ließ ein paar Münzen in ihre Handfläche fallen, den Rest reichte sie mir.

»Danke, Mom«, sagte Hojo. Dann murmelte sie halb laut: »Mal sehen, ob ich davon eine von diesen Lanzen kaufen kann …«

»Hey, bist du nicht schon gefährlich genug?«, fragte ich.

»Ha«, schnaubte Hojo. »Bis später, Freaks.« Und schon war sie verschwunden.

»Kann ich mir auch eine Lanze kaufen?«, fragte Mikey und streckte die Hand aus.

Mom blickte ihn streng an. »Keine Souvenirs«, ermahnte sie ihn und reichte ihm ein paar Pennys. »Regel Nummer zwei. Und das gilt auch für dich, junges Fräulein!«, rief sie Hojo hinterher.

Dann wandte sie sich wieder uns zu. »Ich habe eine Idee: Warum holt ihr Jungs euch nicht etwas zu essen? In zehn Minuten treffen wir uns auf der Tribüne und schauen uns das Turnier an.«

»Cool«, sagte Mikey, während wir uns einen Weg durch die Menge bahnten. »Das mittelalterliche Essen ist garantiert *super.«*

Eine Minute später standen Mikey und ich vor der »Imbissbude« und unterdrückten ein Würgen. Auf einem klapprigen Holzkarren stapelten sich vertrocknete Pasteten, schrumpelige Hühnerbeinchen und schimmeliges Brot. Über allem kreisten die Fliegen. Und falls mich meine Augen nicht täuschten, huschte unter dem Karren gerade eine Ratte hervor, schnupperte und rannte davon. Kein Wunder, dass die Leute so stanken. Wie Mom immer sagte: Du bist, was du isst.

Hinter dem Karren stand ein Mann mit Zottelbart. Er hatte nur noch ein Auge, das er jetzt auf uns richtete. Das andere schien aus der Augenhöhle gefallen zu sein. Ich schauderte. Blieb nur zu hoffen, dass es sich nicht in einer der Pasteten befand.

»Wollt ihr was kaufen?«, fragte er.

Mikey beugte sich vor und deutete auf die leere Augenhöhle und das schrumpelige Lid.

»Mann«, staunte er. »Das sieht echt *übel* aus. Sind Sie von einem dieser Stecken da drüben aufgespießt worden? Haben Sie eine Wette verloren?« Er schnaubte. »Ich finde, Sie sollten das lieber abdecken. Das wäre besser fürs Geschäft.«

Der Verkäufer knurrte: »Wenn ihr nichts kaufen wollt, ihr ungehobelten Rüpel …«

»Hey, Mann! Ich will doch nur helfen«, rief Mikey.

Ich packte ihn am Arm. »Keine Gespräche mit Einheimischen, schon vergessen?«, zischte ich ihm zu. »Glaub mir, das Letzte, was du willst, ist, hier Prügel zu kriegen und in einem mittelalterlichen Krankenhaus zu landen.«

»Ist ja gut.« Mikey schüttelte meine Hand ab und warf seine Pennys einem Bettler zu, der auf dem Boden kauerte und eine Sammelbüchse vor sich aufgestellt hatte. Zumindest hielt ich ihn für einen Bettler. So genau konnte man das nicht sagen. Die Hälfte der Leute hier sah aus, als wären sie gerade aus der Kloake gekrochen. Die Münzen klapperten gegen das Metall. Der Mann blickte auf und nickte dankend.

»Schon gut, Kumpel«, sagte Mikey. »Vielleicht kannst du dir davon einen Deoroller kaufen.«

Der Bettler rülpste und sackte wieder über seiner Sammelbüchse zusammen.

»Oder auch nicht«, murmelte Mikey.

Wir schlenderten weiter und hielten nach Mom und Dad Ausschau, aber überall waren nur stoppelige Gesichter, wippende Köpfe und fähnchenschwenkende Kinder. Von Hojo war ebenfalls weit und breit nichts zu sehen.

»Komm, wir setzen uns irgendwo hin«, schlug ich vor. Wir zwängten uns zwischen einen haarigen Typen in einer Tu-

nika und ein paar Kinder mit blauen Wimpeln. Unten kamen gerade zwei Ritter in die Arena geritten. Ihre Pferde trugen bestickte Decken, die eine war blau-weiß, die andere gelb-rot. Die Ritter trugen farblich passende Tuniken über ihren Rüstungen, in der rechten Hand hielten sie große Lanzen und von der Hüfte baumelten Schwerter.

»Wow«, sagte Mikey. »Die sehen echt cool aus.«

Ich nickte. »Das stimmt.«

»Für wen bist du?«, fragte Mikey.

Unter dem Applaus des Publikums ritten die beiden Kontrahenten die Arena ab, dann nahmen sie ihre Plätze ein und hoben die Lanzen. Plötzlich fing der Ritter in Blau so heftig zu niesen an, dass sein Visier auf- und abhüpfte.

»Blau«, antwortete ich. »Eindeutig blau.« Im Frühling hatte ich immer Heuschnupfen. Deshalb konnte ich mich gut in den Typen hineinversetzen. Außerdem war er der größere von beiden. Und ich wusste aus eigener leidvoller Erfahrung, dass der Größere immer gewinnt.

Der König blies höchstpersönlich in ein Horn, woraufhin die Ritter zum Angriff übergingen und in vollem Tempo aufeinander zupreschten. Das Publikum war ganz aus dem Häuschen. Alle johlten und stampften mit den Füßen und wedelten mit ihren Wimpeln. Die Lanzen krachten aufeinander. Der blaue Ritter wankte.

Bleib im Sattel, Blauer! Bleib im Sattel!

Puh. Der Blaue fand sein Gleichgewicht wieder, wendete das Pferd und griff mit erhobener Lanze erneut an. Diesmal rasten die Ritter sogar noch schneller aufeinander zu. Die Hufe ihrer Pferde wirbelten den Staub auf.

Ich wollte wirklich nichts verpassen, aber andererseits wusste ich, dass noch jede Menge Arbeit auf mich wartete. Widerwillig nahm ich den Schreibblock zur Hand und machte mich daran, meine Notizen zu sortieren, als ein Klirren zu hören war und tosender Jubel über den Platz hallte.

Mikey versetzte mir einen Knuff.

Ich wehrte ihn ab und schüttelte den Kopf. »Kumpel, ich versuche hier zu arbeiten.« Okay, wo war ich stehen geblieben? Genau, der Einfluss der Wikinger im Lauf der Geschichte.

Knuff, knuff.

»Echt jetzt, Mann«, brummte ich. »Schau einfach zu, okay? Es ist total spannend.«

Das Knuffen hörte auf und ich vernahm ein ziemlich lautes Seufzen. Gedankenverloren wandte ich mich wieder meinen Notizen zu.

Die Entdeckungen der Wikinger. Die großen Eroberungsfahrten der Wikinger. Die Feste und Rituale der Wikinger. Hey! Vielleicht konnte ich an dieser Stelle Mikeys Wissen über Wikingerfeste einfließen lassen.

»Hör mal, Kumpel«, fragte ich. »Was gab es auf den Festen der Wikinger zu essen?«

Keine Antwort.

»Mikey?«

Nichts.

Erst jetzt fiel mir auf, dass Mikey schon seit einigen Minuten verdächtig still gewesen war. Ich konnte mich nicht daran erinnern, dass er schon mal so lange die Klappe gehalten hatte.

Ich legte den Stift beiseite und blickte auf.

Mikeys Platz war leer. Der schweißnasse Abdruck seines Hinterns auf dem Sitz war der einzige Hinweis darauf, dass er jemals hier gewesen war.

Ich sprang auf und ließ den Blick über die Menge schweifen.

»Mikey?«, rief ich. Aber von Mikey war weit und breit nichts zu sehen. Weder auf der Tribüne noch bei den Imbissverkäufern noch sonst irgendwo. Meine. Eltern. Würden. Mich. Umbringen. Nach dem Vorfall in Pamplona hatten sie Grog einen ganzen Monat Hausarrest aufgebrummt. Aber zumindest hatte er vorher seinen Spaß gehabt. Ich dagegen hatte nur einen Krampf in der Hand vom vielen Schreiben.

Das Publikum hielt hörbar den Atem an.

Das Schlimmste befürchtend drehte ich mich langsam um. Mein Blick folgte den vielen ausgestreckten Fingern.

Oh nein!

Mikey stand mit erhobenen Fäusten in der Arena. Er trippelte wie ein Boxer auf der Stelle und warf seinen Kopf hin und her, dass seine blonden Haare nur so flogen.

»Tschakka!«, schrie er und streckte dem Publikum sein Hinterteil entgegen.

Die Ritter gaben ihren Pferden die Sporen. Und ritten von beiden Seiten direkt auf Mikey zu.

Kapitel 9

Ich rannte die Stufen zur Arena hinunter und sah gerade noch, wie die Lanzen der beiden Ritter über Mikeys Kopf aufeinanderprallten.

»Mikey!«, rief ich.

Mikey hörte für einen Augenblick auf herumzutanzen und blinzelte in meine Richtung. Als er mich sah, winkte er.

»Hey, Kumpel«, brüllte er. »Du hattest recht. Das ist viel besser als ein Schulausflug!«

»Bist du bescheuert?«, schrie ich. Die Ritter nahmen wieder ihre Plätze ein und machten sich für den nächsten Angriff bereit. »Hau ab! Sonst wirst du zu Tode getrampelt.«

»Ja, okay.« Aber statt sich schleunigst auf dem Staub zu machen, stützte er die Hand in die Hüfte und fing an, Karatetritte vorzuführen, wobei er jedes Mal fast über seine eigenen Füße stolperte. Ein oder zwei Mal fiel er tatsächlich hin. Die Zuschauer flippten aus und riefen: »Hofnarr! Hofnarr! Hofnarr!«

Inzwischen hatten die Turnierritter ihre Lanzen weggelegt und die Schwerter gezogen. Schon griffen sie erneut nach den Zügeln.

»Hau … sofort … ab!«, brüllte ich. Mein Ruf ging im lauten Gejohle und Fußgestampfe unter. Außerdem war Mikey viel zu sehr damit beschäftigt, sich vorm jetzt völlig ausflippenden Publikum zu verbeugen und mit den Fäusten in die Luft zu schlagen.

Also tat ich das Einzige, was mir übrig blieb.

Ich sprang über die Barrikade, rannte in die Arena und packte Mikey am Hosenbund, um ihn wegzuzerren. Der blau gekleidete Ritter preschte an uns vorbei und ließ sein Schwert aufblitzen. Eine von Mikeys blonden Locken schwebte zu Boden. Wäre ich auch nur einen Wimpernschlag später gekommen, wäre das Mikeys Kopf gewesen.

»Boah«, stieß Mikey mit großen Augen hervor. Er fasste sich an den Kopf. »Anscheinend hatte ich dringend einen Haarschnitt nötig.« Er fing an zu lachen. Echt jetzt, er *lachte*.

Ich hätte ihn am liebsten erwürgt. Solange wir im Mittelalter waren, wäre das ja nicht einmal ein Mord, oder? Ich meine, streng genommen existierte er ja noch gar nicht.

Ich zog ihn hinter die Absperrungen. Die Hälfte des Publikums applaudierte. Die andere Hälfte buhte. Die Leute waren enttäuscht, dass Mikey jetzt nicht platt wie ein Pfannkuchen war. Ich selbst wusste nicht, ob ich applaudieren oder Buh rufen sollte.

Ich brauchte mich nicht mehr vor Sam und Craig zu fürchten. Mikey würde zuverlässig dafür sorgen, dass ich einen Herzanfall bekam, noch ehe die zwei Gorillas mich auch nur anrühren konnten.

Ein paar Zuschauer halfen uns auf die Tribüne hoch und wir setzten uns wieder hin.

»Das war super!« Mikey hob die Hand, um mit mir abzuklatschen.

»Super?«, stieß ich atemlos hervor. »Du hättest *tot* sein können! Wir hätten *beide* tot sein können!«

»Quatsch«, winkte Mikey ab. »Ich wollte doch nur ein bisschen Spaß haben. Außerdem wusste ich ja, dass du auf mich aufpasst. Du bist so cool und mutig, du hättest es nicht zugelassen, dass die zwei Typen mich erledigen.«

Cool. Mutig. Na klar doch.

»Haha«, machte ich. »Dein Sinn für Ironie ist echt der Hammer.«

Mikey sah mich einen Augenblick lang verblüfft an, dann plapperte er: »Schon allein wie du in die Arena gerannt bist, ohne auch nur eine Sekunde zu zögern. Das war echt irre, Kumpel.« Er versetzte mir spielerisch einen Knuff an die Schulter, dann umarmte er mich wie ein Bär. »Du bist der coolste Freund aller Zeiten.«

»Echt jetzt?« Noch nie - und zwar wirklich noch *nie* in der Geschichte der Menschheit - hatte mich jemand cool gefunden. Was machte es da aus, dass ausgerechnet ein Junge mit Schokoladenschnurrbart und einem Hang, sich in Lebensgefahr zu bringen, der Erste war, der mich so nannte. Das spielte wirklich keine Rolle.

»Danke«, sagte ich.

»Nein, ich danke dir«, erwiderte Mikey.

»Schon gut«, antwortete ich. »Hauptsache, du machst so etwas nicht noch einmal.«

»Ehrenwort. Ganz wie du willst, Boss«, kicherte Mikey.

Währenddessen steuerte der Kampf in der Arena auf einen Höhepunkt zu. Der kleinere der beiden Ritter umkreiste den größeren, der mittlerweile gefährlich auf seinem Pferd hin-

und herschwankte. Auch sein Helm mit den blauen Federn hing ganz schön schief.

Wusch! Ein kurzer Hieb mit der Lanze und der Blaue sank zu Boden. Ein Aufschrei ging durch die Menge. Anscheinend hatte ich mich geirrt. Es war nicht immer so, dass der Größere gewann.

Der gelb-rote Ritter ritt triumphierend zur Tribüne und sprang auf das für den Gewinner vorgesehene Podest. Seine zierlichen Füße berührten dabei kaum die Stufen. Moment mal …

Der Ritter nahm schwungvoll seinen Helm ab. Eine dichte schwarze Haarmähne fiel auf seine Schultern.

»Hojo!«, rief ich und sprang auf.

Meine zierliche, aber blitzgefährliche Samurai-Schwester verbeugte sich vor den applaudierenden Zuschauern. Der König höchstpersönlich legte ihr eine goldene Medaille um den Hals. Mikey stieß mich an.

»Das ist ja deine Schwester«, sagte er verblüfft.

Ich nickte nur. Als Hojo vorhin so plötzlich abgedüst war, hätte ich sofort ahnen müssen, was sie im Schilde führte. Sie ließ nie eine Gelegenheit zum Wettkampf aus. Der arme Löwe im Kolosseum in Rom konnte ein Lied davon singen. Und falls du denkst, Gladiatoren sind auch nur annähernd so furchtlos wie Hojo, dann hast du dich geschnitten.

»Wow! Sie ist echt stürmisch«, sagte Mikey und wurde ein bisschen rot.

»Das brauchst du mir nicht zu sagen«, erwiderte ich.

»Hat sie einen Freund?«

»Wie bitte?«

»Einen Freund«, wiederholte Mikey. »Weißt du, an meiner Schule findet nächste Woche der Frühlingsball ...«

»Vergiss es. Sie würde dich abmurksen. Und das meine ich wörtlich.«

Da kam Hojo auch schon die Stufen herauf und hielt triumphierend ihre Medaille hoch.

»Nicht schlecht«, sagte ich.

»Ich weiß.« Hojo warf ihre Haare zurück.

Mikey grinste wie ein Idiot. Hojo sah ihn aus zusammengekniffenen Augen an und deutete mit dem Finger auf ihn. »Du«, knurrte sie.

»Ich?«, stammelte er.

»Was hast du dir dabei gedacht, einfach so in die Arena zu trampeln?«

»Voll cool, oder?«, fragte Mikey. Seine blonde Mähne wippte auf und ab (ausgenommen die Locke, die derweil vom Wind über den Kampfplatz getragen wurde).

»Kein bisschen«, antwortete Hojo. »Du kannst von Glück reden, dass du noch am Leben bist. Wenn du mein Pferd scheu gemacht hättest, hätte ich dich aufgespießt. Und zwar mit dem größten Vergnügen.«

Ich beugte mich zu Mikey und flüsterte: »Hab ich's dir nicht gesagt?«

»Von dir lasse ich mich gerne über den Haufen rennen«, antwortete Mikey dämlich grinsend. Hojos Unterlippe kräuselte sich. Sie griff nach dem Wurfstern, den sie, wie ich ahnte, unter ihrer Rüstung verborgen hatte. Sie trug dieses Ding immer bei sich.

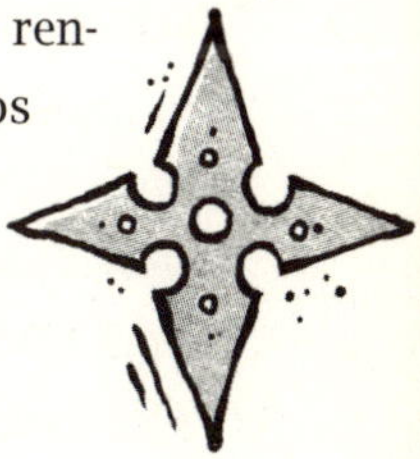

»Komm schon.« Ich zerrte Mikey auf die Füße. »Machen wir uns auf die Suche nach Mom und Dad. Höchste Zeit, dass wir von hier wegkommen.«

Mikey, Hojo und ich suchten die Zeltreihen ab. Schließlich entdeckte ich Mom und Dad. Und zwar genau da, wo wir kurz zuvor gewesen waren. Am Imbissstand. Mom hatte alle Hände voll zu tun, einen Streit zu schlichten, während Mrs Baker mit einem schrumpeligen Hühnerbein in der Luft herumfuchtelte.

»Sagen Sie diesem Mann«, stieß Mrs Baker entnervt hervor, »dass dieses Hühnchen viel zu trocken ist! Außerdem hatte ich ihm deutlich zu verstehen gegeben, dass ich gerade eine Natrium-Diät mache.«

»Hey, Leute«, mischte ich mich ein. »Wir sind wieder da. Ihr habt echt was verpasst.«

»Ahoi, meine Lieben«, rief Dad. »Was ist passiert?«

Mikey sprudelte los wie ein Wasserfall.

»Also! Ihr glaubt es nicht! Ich bin in die Arena gegangen. Mitten im Turnier! Und Zack hat mich gerettet, bevor sie …«, er deutete auf Hojo und grinste dabei weiterhin wie ein Idiot, »… mich mit ihrem Pferd über den Haufen rennen konnte.«

»Habe ich richtig gehört, ein Pferd?«, fragte Mom.

Hojo hielt grinsend die Medaille hoch.

»Hojo!«, schimpfte Mom. »Wie oft muss ich dir noch sagen, dass du unterwegs nicht einfach irgendwo mitmachen kannst. Besonders nicht bei Kämpfen. Du kannst von Glück sagen, dass sie dich nicht in den Kerker geworfen haben, weil du ein Mädchen bist.«

»Na und? Dann habe ich eben zur Gleichberechtigung der

Frauen beigetragen«, meinte Hojo. »Wo liegt das Problem? Gerade du müsstest mich doch am allerbesten verstehen. Stell dir nur vor, du hättest wählen dürfen, statt nur Klavier zu spielen und höflich zu knicksen.«

»Ho-jo …«, sagte Mom drohend. Jetzt klang sie gar nicht mehr so gelassen.

In der Zwischenzeit war Mrs Baker dazu übergegangen, mit dem Hühnerbein vor dem Gesicht des aufgebrachten Verkäufers herumzufuchteln. Mr Baker drohte, eine vernichtende Online-Rezension zu schreiben, wenn der Mann nicht sofort den Wünschen seiner Frau nachkäme. Mikey starrte Hojo bewundernd an und grinste dabei wie ein Volltrottel.

»Aye«, rief Dad. »Höchste Zeit, in See zu stechen. Ich denke, wir sind alle ein bisschen müde und hungrig. Emily, Schatz, hast du eine Notfallration Schokoriegel an Bord?«

Mom hörte kurz auf, Hojo finster anzufunkeln, und nickte.

»Ja«, sagte sie. »Das ist eine wunderbare Idee.«

»Ich will als Erstes«, rief Mikey und sprang die Stufen zum Winnebago hinauf. Wir folgten ihm. Ich wollte gerade einsteigen, als ich merkte, dass meine Hosentasche leer war. Mist! Der Notizblock war weg. Der Block mit meinen Aufzeichnungen, für die ich so geschuftet hatte. Ich hatte keine Zeit, mit allem noch einmal von vorne anzufangen.

»Bin gleich wieder da«, rief ich und rannte zurück auf die Tribüne.

Aber da war kein Notizblock.

Oh Mann! Wo konnte er nur sein? Ich suchte überall auf dem Weg, den Stufen, unten in der Arena …

Und da lag er. Direkt neben den Absperrungen. Die Blätter

flatterten im Wind. Er war anscheinend aus meiner Hosentasche gefallen, als ich über die Barrikaden gesprungen war, um Mikey zu retten. Unser Schulleiter Mr Weatherspoon sagt immer: Die Strafe für die eigenen Taten lässt nie lange auf sich warten. Ich würde sagen, da liegt er goldrichtig.

Wenigstens war der Notizblock nicht mitten in der Arena gelandet. Dort wäre er total zertrampelt worden.

Ich streckte gerade die Hand danach aus, da trottete plötzlich ein Pferd mit grün-gelbem Turnierzaumzeug auf mich zu und wieherte. Es blieb vor mir stehen, streckte den Kopf vor, schnüffelte an meiner Hand und zeigte seine gelben Zähne.

»Braves Pferdchen«, säuselte ich.

Es stupste mich mit der Schnauze an.

»Ich hab leider nichts für dich.« Ich versuchte, an ihm vorbei nach meinem Notizblock zu angeln. »Husch, husch. Du stehst im Weg.«

Brrrrrrrrrrrr. Das Pferd schüttelte den Kopf und zog die Lippen hoch. Dann hob es ein wenig das Hinterbein …

… und pinkelte mitten auf meine Geschichtsnotizen.

Kapitel 10

»Dämliches Pinkelpferd«, grummelte ich immer noch, als ich wieder in den Winnebago stieg. Wie schlimm konnte es denn noch werden? Ich war zwei Mal nur knapp dem Tod entronnen und meine Geschichtsnotizen dienten als Pferdeklopapier. Außerdem hatte ich seit dem Frühstück nichts mehr gegessen.

Zum Glück hatten wir Süßigkeiten dabei.

»Hey, Mom«, sagte ich und ließ mich in meinen Sitz fallen. »Kann ich ein Snickers haben?«

»Aber natürlich, mein Schatz.« Ich hörte, wie sie in ihrer tragbaren Speisekammer kramte. (Moms Version einer Kühlbox, nur dass darin leider entweder alles schockfrostet oder schmilzt.) »Hm. Mal sehen. Ach herrje.«

Sie hob den Kopf und sagte: »Tut mir wirklich leid, mein Schatz. Ich fürchte, ich habe Mikey gerade das letzte gegeben. Aber ich habe noch einen halben Streifen Trockenfleisch.« Sie hielt ein schrumpeliges Stück Dörrfleisch hoch, das aussah, als wäre es von einem Tier zerkaut worden.

»Nein danke«, seufzte ich. »Da verzichte ich lieber.«

»Dann nehme ich es«, sagte Mikey sofort. »Ich liebe Trockenfleisch.« Er schnappte sich das Stück und schlang es in einem Bissen hinunter. »'tschuldigung«, murmelte er mit vollem Mund.

Ich verdrehte nur die Augen. Vor seinen Füßen lag etwa ein Dutzend Einwickelpapierchen. *Echt jetzt? Echt?!?* Hatte er es tatsächlich geschafft, in weniger als fünf Minuten zehn Schokoriegel zu verputzen? Als er mich anlächelte, sah ich, dass seine Zähne mit Schokolade und Rindfleisch verschmiert waren.

»Alter«, sagte er. »Das ist der beste Geburtstag, den ich je hatte. Und du bist mein allerbester Freund. Wikinger! Wikinger! Wikinger!«, grölte er und schlug sich an die Brust. Ich hatte keinen blassen Schimmer, warum er ausgerechnet »Wikinger!« grölte, aber ich führte es auf einen Zuckerschock zurück. Bei so viel Süßigkeiten dreht jedes Kind durch.

Mikey sang ungerührt weiter. »Wikinger! Wikinger! Wikinger!«

Er klang so wie Sam und Craig im Bus … Bei dem Gedanken musste ich sofort wieder an mein ganz persönliches Problem mit Wikingern denken. Sie spukten ohnehin ständig durch meinen Kopf, ich musste nicht auch noch daran erinnert werden.

»Also gut, zurück zu den Wikingern«, murmelte ich. Bei den Aufsätzen würde ich wieder ganz von vorne anfangen müssen. Und als Allererstes brauchte ich etwas zum Draufschreiben. Das Einzige, was ich finden konnte, waren die Schokoladenpapierchen auf dem Boden. Ich hob sie auf und fing an, alles, was ich noch von meinen Notizen im Kopf hatte, aufzuschreiben.

Der Winnebago bog wieder auf die Zeitautobahn. Hojo ging in der Kabine auf und ab und polierte mit ihrem T-Shirt ihre

Medaille. Dann blickte sie fragend auf die Papierchen in meinem Schoß.

»Was machst du da?«, fragte sie und zwinkerte mir verschwörerisch zu. »Schreibst du deiner Freundin Liebesbriefe?«

»Ja, ähm, nein«, erwiderte ich. Ich hatte keine Freundin. Mein einziger Versuch, Lanie Peterman zum Schlittschuhlaufen zu überreden, war letztes Jahr so in die Hose gegangen, dass ich mir geschworen hatte, in den nächsten fünfzig Jahren die Finger von so etwas zu lassen. Es sei denn, Mom erfand einen Erinnerungsradierer, mit dem ich das Gedächtnis der ganzen Schule löschen konnte.

Hojo ging zurück auf ihren Platz und ich versuchte, mich auf meine Arbeit zu konzentrieren.

»Wikinger! Wikinger! Wikinger!«, grölte Mikey. »Ich kann es kaum erwarten, bis wir nach Norwegen kommen. Das wird das coolste …«

»Ähm, tut mir leid, Kumpel. Aber Norwegen steht bei dieser Tour nicht auf dem Programm«, widersprach ich. So ungern ich ihn auch enttäuschte, es war die Wahrheit. Und es war echt schade, denn wenn wir tatsächlich zu den Wikingern gereist wären, würden meine Chancen, die Aufsätze fertig zu kriegen, steigen – und die Gefahr, das Leben zu verlieren, sinken. »Die Tour für furchtlose Krieger macht Station bei den Azteken, bei den …« Ich wollte gerade mit der Aufzählung weitermachen, aber Mikey unterbrach mich und schüttelte den Kopf.

»Ein Besuch bei den Wikingern ist auch dabei!«, sagte er, als wäre es das Selbstverständlichste der Welt. Dann rief er laut:

»Hey, Mom, fahren wir nicht zu den Wikingern? Zu einem Festmahl oder so? Die Leute damals wussten, wie man feiert. Da gab es mehr Essen, als du in deinem ganzen Leben je gesehen hast. Das ist wie das All-you-can-eat-Büffet im Pizza Hut. Da lassen wir's krachen!«

»Natürlich!«, gurrte Mrs Baker. »Wir machen alles so, wie du es möchtest.«

»Aber das ist nicht Teil der Tour für furchtlose Krieger ...«, erklärte ich. Mom konnte es nicht leiden, wenn es Abweichungen vom Reiseplan gab. Das wusste ich genau, sonst hätte ich schon längst selbst vorgeschlagen, zu den Wikingern zu fahren.

»Es stimmt, deine Eltern haben gesagt, dass die Tour normalerweise nicht dorthin führt. Aber für unser süßes Geburtstagskind machen sie auf meine Bitte hin eine Ausnahme«, sagte Mrs Baker stolz. »Weißt du, er ist ganz verrückt nach Wikingern. Hat er dir schon das Spiel gezeigt, mit dem er andauernd beschäftigt ist?«

Moment mal. Hatte ich richtig gehört?

»Mom?«, fragte ich und ging zu ihr nach vorne. Ich traute meinen Ohren kaum. Das waren ja sensationelle Neuigkeiten.

Mom nickte. »Es stimmt.« Sie beugte sich zu mir und sagte so leise, dass nur ich es hören konnte: »Wenn man seit sieben Monaten keine Kunden mehr hatte, ist es wichtig, die Gäste zufriedenzustellen.« Sie zwinkerte mir zu.

»Ja, klar«, sagte ich. Und plötzlich wurde mir ganz leicht ums Herz. Ich holte tief Luft. Natürlich wollte ich mir keine vorschnellen Hoffnungen machen, aber ein Besuch auf einem echten Wikingerschiff könnte mir tatsächlich das Leben retten! Jetzt musste ich nur noch die Informationen aufschreiben, die ich bereits hatte. Zusammen mit dem, was ich bei unserem Besuch bei den Wikingern erfahren würde, reichte es vielleicht aus, um …

»Hab ich's dir nicht gesagt, Zack? Wikinger, Wikinger!«

»Hey, Kumpel«, meinte ich und blickte von meinen Notizen hoch. »In der Garderobe hängen massenweise tolle Wikingerklamotten. Warum suchst du dir nicht schon was aus, bevor die anderen es tun?«

»Wik…!« Mikey hielt mitten in seinem Singsang inne. »Echt? Toll. Ich bin der Erste!« Er rannte an seinen Eltern vorbei und hielt auf dem Weg zur Garderobe nur kurz an, um sein Haar glatt zu streichen und Hojo zu ihrer Medaille zu beglückwünschen. Zum x-ten Mal. Sie starrte ihn aus zusammengekniffenen Augen an, aber Mikey grinste, als hätte er gerade im Lotto gewonnen.

Ich konnte endlich ein paar Minuten lang ungestört schreiben, bevor Mikey wiederkam. Er trug einen silberngoldenen Helm, der sein ganzes Gesicht bedeckte und nur den Mund freiließ. Das Ding war so groß und schwer, dass er seinen Kopf kaum gerade halten konnte. An der Stirn war der Helm mit einer Reihe roter Steine geschmückt. Mikeys surferblonde Haare lugten unter dem Kettengeflecht hervor. Mit einem breiten Grinsen zog er den Lederriemen um sein Kinn fest.

»Wie sehe ich aus?«, fragte er.

»Wie ein Wackeldackel auf zwei Beinen«, antwortete Hojo.

»Danke!« Mikey ließ sich neben mich auf den Sitz fallen. Sein Helm hing so schief, dass er mir gefährlich nahe kam, und ich war froh, dass Wikingerhelme in Wirklichkeit keine Hörner haben. Sonst hätte er mir noch das Auge ausgestochen.

»Ja«, sagte er leise. »Skip og seil, ohoi, ohoi! Jippiejippie-yeah!«

Was?!?

Mikey zupfte an meinem Ärmel und kam mit seinem massiven Helm erneut haarsträubend nah an meinen Kopf heran. Er flüsterte etwas in mein Ohr. Alles, was ich verstand, war: »Jo!«

»Später, Kumpel!«, erwiderte ich. Aber Mikey hörte einfach nicht auf und zerrte schon wieder an meinem Ärmel.

Ich muss gestehen, das war der Moment, in dem ich die Nerven verlor.

»Was denn?«, blaffte ich ihn an. »Was willst du? Kannst du mich nicht mal fünf Sekunden lang in Ruhe lassen?«

Mikey stieß mit dem Helm gegen die Kopfpolster, als er sich zurück in den Sitz fallen ließ. Er verschränkte die Arme vor der Brust und schmollte.

»Dann eben nicht«, brummte er. »Ich wollte dir nur ein tolles Geheimnis verraten. Weil wir doch jetzt so gute Freunde sind. Aber lass gut sein. Jo. Mmpf.«

Okay, kann sein, dass er mir leidtat, weil ich seine Gefühle verletzt hatte. Ich spielte sogar mit dem Gedanken, mich zu entschuldigen. Aber wenigstens war er *endlich einmal still.* Und wenn ich morgen nicht als Hackfleisch enden wollte, musste ich jetzt mit den Aufsätzen weitermachen. Und genau das tat ich auch.

Zehn Minuten später landete der Winnebago scheppernd am Ufer der norwegischen Küste. Mom aktivierte die Gestrandeter-Wal-Tarnung und wir kletterten durch das verrottende linke Auge heraus. Mrs Baker betrachtete schaudernd den gammeligen Wal.

»Ach herrje, muss das wirklich so realistisch sein?«, fragte sie.

»Aye«, antwortete Dad. »Oder wollen Sie, dass wir auffliegen?« Er führte uns zu einem kleinen Floß und wir paddelten auf ein riesiges Schiff am Horizont zu.

»Das ist ein Langschiff der Wikinger!«, erklärte Dad. Das Schiff ragte immer größer vor uns auf, je näher wir kamen. Ich hielt den Atem an. Bisher hatte ich ein Langschiff nur ein einziges Mal aus der Ferne gesehen. Aus der Nähe war es unglaublich eindrucksvoll.

Das Schiff war ganz aus Holz. Bug und Heck waren weit nach oben gebogen, sodass es aussah wie ein gigantisches Kanu. Nur dass es etwa tausendmal größer war und ein riesengroßes geblähtes Segel und an den Seiten mehrere Reihen mit Rudern hatte, über denen Schilde befestigt waren. Vorne am Rumpf fletschte ein kunstvoll geschnitzter rot-gelber Drachenkopf bedrohlich die Zähne.

Am Bug des Schiffes angekommen, warf Dad geschickt eine Strickleiter über den Schiffsrumpf, damit wir an Bord gehen konnten.

»Boah, Wahnsinn.« Mikey legte den Kopf in den Nacken, um beim Klettern nach oben schauen zu können. Er geriet gefährlich ins Schaukeln. Ich packte ihn am Rücken, bevor das Gewicht seines Helms ihn ins Wasser zog.

An Deck hielt Dad einen Moment inne, legte die Hand aufs Herz und betrachtete liebevoll das mächtige rot-gelbe Segel, das sich im Wind bauschte. »Aye«, sagte er. »Wenn das mal keine Schönheit ist. Handgewebt und aus reiner Wolle. Für einen wilden Stamm sind die Wikinger bemerkenswert gute Handwerksleute.«

Die Bakers riefen »Oh!« und »Ah!«.

»Aye, es gibt nichts Herrlicheres als die offene See«, bemerkte Dad mit wehmütigem Blick. Ich atmete die salzige Meeresluft ein und blickte zum endlosen Horizont. Ich konnte verstehen, warum Dad sich nach dem Meer sehnte. Die Vorstellung, ins Unbekannte zu segeln, war unglaublich aufregend – der Wind in den Haaren, der Sonnenschein im Gesicht. Wäre da nicht …

Plötzlich fing das Schiff an zu schwanken. Dad griff sich an den Bauch und verzog das Gesicht. Mom eilte an seine Seite.

»Keine Sorge.« Er schluckte schwer und umklammerte die Reling. »Es ist alles in Ordnung. Ich muss nur erst meine Seemannsbeine wiederfinden.«

Kaum hatte er das gesagt, kam ein Wikinger in Tunika und Helm übers Deck gestapft. Er blieb finster dreinblickend direkt vor uns stehen.

»Ahoi«, begrüßte ihn Dad, der immer noch ein bisschen blass um die Nase war. Ich stellte meinen Universalübersetzer ein. Der Wikinger griff nach dem Messer an seinem Gürtel.

»Ich kenne euch nicht aus dem Dorf«, sagte er auf Altnordisch. »Warum schleicht ihr euch auf unser Schiff?«

»Wir sind nicht geschlichen«, erklärte Dad. »Wir sind gepaddelt.«

»Eindringlinge!«, brüllte der Wikinger.

Mrs Baker stieß ihren Mann in die Seite. »Was hat er gesagt? Gehört das zur Show?«

»Ich vermute, er fordert ihn zu einem Duell heraus«, sagte Mr Baker vergnügt.

»Wie aufregend!«, erwiderte seine Frau.

Hojo nahm ihren Wurfstern zwischen die Finger und ging in Angriffshaltung, während ich mich lieber zur Flucht bereit machte. Mikey sah sich in aller Ruhe auf dem Schiff um.

»Und wo ist jetzt das Festmahl?«, fragte er. »Hier riecht es nur nach totem Fisch.«

Mom umklammerte Dads Arm und nickte dem grimmigen Wikinger zu. »Nein, wir sind keine Eindringlinge, nicht wahr, mein Schatz?«, beeilte sie sich zu sagen. »Wir sind …«

»Aye, wir sind Händler. Von uns kriegt ihr das nötige Zubehör fürs Beutemachen«, kam Dad ihr zu Hilfe. »Wir sind direkt von der Karibik hierhergesegelt. Wir sind gekommen, um euren Bedarf einzuschätzen.«

»Unseren *was?*«

»Euren Ausrüstungsbedarf für Beutezüge«, sagte Dad. Er deutete auf eine Waffensammlung, die an der Schiffswand aufgereiht war. »Da haben wir es ja schon. Euer Verteidigungssystem ist seit etwa zweihundert Jahren veraltet.«

»Ach ja?«, schnaufte der Wikinger und verschränkte die Arme vor der Brust. »Diese Waffen hat Abjorn höchstpersönlich angefertigt. Er ist der beste Schnitzer im Dorf.«

»Aye«, stimmte Dad zu. »Aber Holzschilde gehören ins zehnte Jahrhundert. Moderne Schilde bestehen aus leichtem Titanium.« Er lief aufgeregt auf und ab und zeigte mal hierhin und mal dorthin. »Außerdem könntet ihr da drüben einen Ausguck gebrauchen. Und eine Planke.« Wenn Dad erst mal mit seinen Seemannsgeschichten anfing, konnte man nie sicher sein, wie die Sache ausging. Alles konnte sich zum Guten wenden oder man endete rücklings in einem erfundenen Aztekenklo …

Der Wikinger legte den Kopf schief, nahm die Arme wieder herunter und nickte. »Also gut, Fremdling«, sagte er. »Komm zu mir, wenn du alles in Augenschein genommen hast. Dann verhandeln wir.«

Der Mann schüttelte Dad die Hand und ging weg. Dad setzte seine Besichtigungstour fort. Er führte uns unter Deck, in das Innere des Schiffs. Auf beiden Seiten des Rumpfs ragten Ruder durch die Schiffswand und in der Mitte reihten sich zahllose Schatztruhen. Mehrere Wikinger waren gerade dabei, in den Kisten zu wühlen. Die Männer trugen Tuniken, Umhänge und Helme. Als wir näher kamen, blickten sie hoch und sahen uns an.

»Ahoi, Kameraden«, rief Dad. »Wir sind auf ausdrücklichen Wunsch von Abjorn hier. Macht ruhig weiter.«

Die Wikinger waren einen Moment lang verunsichert, doch kurz darauf beachteten sie uns nicht weiter.

»Was sind das für Kisten?« Mrs Baker deutete auf die Truhen. »Die Wikinger waren doch nicht etwa Piraten?«

»Die Wikinger waren sehr geschickt, wenn es darum ging, den Platz möglichst gut auszunutzen«, erklärte Dad. »Sie haben ihre Habseligkeiten in Kisten verstaut und sich zum Rudern einfach drauf gesetzt.«

»Sehr einfallsreich«, meinte Mr Baker anerkennend.

»Und nachts haben sie darin geschlafen«, fügte Dad hinzu.

Na ja. Ich war mir ziemlich sicher, dass dieser Teil der Geschichte frei erfunden war. Es sei denn, Wikinger waren Verrenkungskünstler. Die Kisten waren nämlich nur einen knappen Meter lang.

Während Dad erzählte, zog ich ein Schokopapier hervor und schrieb hektisch alles auf, was ich sah und hörte: Angefangen bei dem gebogenen Rumpf (mit dem man besser die Wellen zerteilen konnte, wie Dad behauptete – und das glaubte ich ihm, denn er wusste vielleicht nicht viel über Wikinger, aber mit Schiffen kannte er sich aus) bis zu den Eisennägeln, die die Holzteile zusammenhielten und die der Dorfschmied gefertigt hatte – ein Typ namens Snaevar, wie mir einer der Wikinger auf meine Frage hin sagte. Die Wikinger haben einfach irre Namen. Vielleicht ändere ich meinen eigenen in Thor. Möglicherweise lassen mich Sam und Craig dann endlich in Ruhe.

Wie dem auch sei, ich schrieb jedenfalls alles auf. Im Handumdrehen hatte ich vier Einwickelpapiere vollgekritzelt und wünschte mir langsam, ich hätte meinen eigenen Aufsatz ebenfalls über die Wikinger geschrieben. Bei meinem Glück würden Sam und Craig am Ende noch die besseren Noten einheimsen. Aber zumindest würde ich einen Tag länger am Leben bleiben.

Oder auch nicht.

Als wir auf Höhe der Schiffsmitte angekommen waren, traf uns eine große Welle von der Seite. Das Schiff wackelte und ächzte unheilvoll. Dad hörte mitten im Satz auf zu sprechen. Sein Gesicht nahm eine grünliche Farbe an. Ich steckte die Snickers-Verpackungen in die Hosentasche und hielt mich an der Reling fest. Über uns wechselte der Himmel von Blau zu Schwarz. Düsternis breitete sich aus wie dunkle Tinte auf einem Blatt Papier.

»Aye«, sagte Dad. »Sieht aus, als würde ein heftiger Sturm aufziehen.«

Ein Blitz erhellte das Schiff. Mrs Baker jaulte wie einer ihrer Pudel.

»Ach je«, seufzte Mom. »Vielleicht sollten wir besser gehen, Jack. Du weißt ja, dass plötzliche Luftdruckveränderungen das Steuersystem der Zeitreisemaschine beeinträchtigen können.«

Ich stöhnte. Ausgerechnet jetzt, wo ich mit den Aufsätzen so gut vorankam!

»Aye, Vorsicht ist die Mutter der Porzellankiste«, murmelte Dad und hielt sich die Hand vor den Mund.

»Mann, ich wollte mir doch noch die Waffen anschauen«, maulte Hojo.

»Und der arme Mikey«, seufzte Mr Baker. »Er hat sich schon seit Tagen auf das Festessen gefreut.«

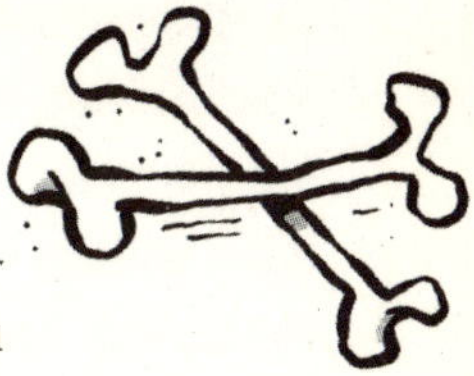

»Ach ja …« Mom sah sich auf dem Schiff um. Von einem Festessen war keine Spur zu sehen. »Was ist mit dem Bankett?«, flüsterte sie Dad zu.

»Wir sind wohl vier Stunden zu früh vor Anker gegangen«, raunte Dad zurück. »Verdammte Wikipedia.«

»Keine Sorge, Mikey«, säuselte Mrs Baker. »Wenn wir wieder zu Hause sind, gehen wir zu Pizza Hut. Heute ist dein Geburtstag, du weißt, was das heißt. Brownie mit Eis, und zwar kostenlos!«

Mikey war wieder so merkwürdig still.

»Mikey?«, fragte Mrs Baker.

Ja, du ahnst es bereits. Kein Mikey weit und breit. Der Kleine sollte später mal Zauberer werden. Sich in Luft auflösen konnte er jedenfalls ziemlich gut.

»Ach, unser Mikey«, sagte Mr Baker lachend. »So ein neugieriger kleiner Kerl. Wo er wohl diesmal wieder abgeblieben ist?«

Aus eigener Erfahrung sprechend würde ich sagen, dass er garantiert da war, wo die meiste Gefahr lauerte.

»Zack …« Mom sah mich besorgt an.

»Ich geh ja schon«, murrte ich. Das war ja wieder so was von klar, dass alles an mir hängen blieb.

Ich ließ meine Familie und die Bakers stehen und lief durch das gesamte Schiff, um Mikey zu suchen. Eine weitere Welle brachte es zum Schwanken. Ich musste stehen bleiben, um nicht das Gleichgewicht zu verlieren.

»Mikey!«, brüllte ich. Keine Antwort. Das war gar nicht gut.

Schließlich entdeckte ich ihn. Er saß auf einer Bank. Allein. Mit hängendem Kopf. Oh Mann, jetzt fühlte ich mich mies. Ich war froh, dass ihm nichts passiert war, aber ich hatte ein richtig schlechtes Gewissen. Er hatte mir vorhin in der Zeitreisemaschine etwas Wichtiges sagen wollen, und statt ihm zuzuhören, hatte ich ihn angepflaumt. Jetzt würde er auch noch das Festmahl verpassen, auf das er so scharf gewesen war.

»Hey, Mikey?« Ich stupste ihn an der Schulter.

Der silbern-goldene Helm bewegte sich zwar, aber Mikey nahm ihn nicht ab.

»Kumpel«, begann ich. »Das vorhin tut mir leid. Aber jetzt müssen wir schleunigst weg von hier. Es kommt ein Sturm auf uns zu, merkst du das nicht?« Er rührte sich nicht vom Fleck. »Mikey, komm endlich!« Ich stieß ihn an. Vielleicht ein bisschen zu hart.

Er stand auf …

… und war fast zwei Meter groß. Der Hüne schüttelte den Kopf und griff in seinen langen Bart. Wie er so vor mir stand, merkte ich plötzlich, dass der Helm an der Stirnfront keine roten Steine hatte. Ups!

»Was fällt dir ein, Adulfr in seiner Ruhe zu stören?«, fragte der Nicht-Mikey-Wikinger drohend.

»Verzeihung, Sir.« Ich wich einen Schritt zurück. »Ich bin auf der Suche nach meinem Freund.«

Ich rannte, so schnell ich konnte, zum anderen Ende des Schiffs. Und dort war Mikey. Er saß auf einem Hocker bei einem Wikingerjungen, der ungefähr genauso groß war wie er. Diesmal war ich mir absolut sicher, dass es sich um Mikey handelte. Die roten Steine auf dem Helm waren der schlagende Beweis.

Der Wikingerjunge trug eine kunstvoll bestickte Tunika, die ihn als Sohn eines Jarls auswies, also eines Wikingeranführers. Sein Gesicht wurde von einem Helm verdeckt, der genauso groß war wie der Helm, den Mikey trug. Die beiden Jungs waren in ein Gespräch vertieft. Was total irre war. Seit wann sprach Mikey altes Ostnordisch? Außerdem war es verboten, mit Einheimischen zu sprechen. Aber damit will ich lieber gar nicht erst anfangen. (Okay, es dürfte mich eigentlich nicht wundern. Mikey hatte sich von Anfang an nicht an die Regeln gehalten.)

»Mikey!« Ich rannte zu ihm. Beim Näherkommen erkannte ich, dass die beiden nicht wirklich miteinander redeten, sondern sich nur mit wilden Gesten und lautem Grunzen verständigten. Wie zwei Gorillas bei *Animal Planet.* Völlig außer Atem baute ich mich vor ihnen auf.

»Mikey!«, rief ich energisch. »Ein heftiger Sturm zieht auf. Wir müssen abhauen!«

Der Wikingerjunge drehte sich zu mir.

»Hey«, sagte ich. »Tut mir leid. Aber wir müssen jetzt gehen.«

Der Wikingerjunge streckte mir seine Hand entgegen. »Waldemar«, stellte er sich vor.

Dass Wikinger so förmlich waren, überraschte mich. In Gedanken machte ich mir einen Vermerk für die Aufsätze. »Ja«, erwiderte ich und schüttelte seine Hand. »Zack. Schön, dich kennenzulernen. Aber Mikey und ich müssen uns beeilen.«

Waldemar nickte.

»Hör zu, Kumpel«, sagte ich zu Mikey. »Wir müssen weg. Riesensturm und so weiter.«

Mikey saß einfach nur da und schwieg.

»Komm schon«, flehte ich. »Ich weiß, dass du immer noch sauer auf mich bist. Und ich weiß auch, dass du das Festessen nicht verpassen willst. Aber wenn wir jetzt nicht gehen, kommen wie nie mehr nach Hause.«

Mikey legte fragend den Kopf zur Seite. Wollte er mich jetzt völlig in den Wahnsinn treiben?

Zum Glück kam in diesem Moment Hojo angerannt. Sie sprang über Bänke, wirbelte durch die Luft und landete direkt vor uns.

»Leute«, fauchte sie uns an. »Was trödelt ihr noch herum? Lasst uns endlich von hier verschwinden!« Sie deutete zum Himmel. Die dunklen Wolken wurden immer größer und hatten inzwischen den allerletzten Sonnenstrahl verschluckt.

Ich nahm an, dass Mikey sich endlich in Bewegung setzen würde. Aber er blieb sitzen und legte den Kopf in den Nacken, damit er Hojo besser anschauen konnte ... Okaaay, dieses Anschmachten meiner Schwester musste endlich aufhören. Der Wikingerjunge versetzte Mikey einen Stoß in die Seite und deutete auf uns, woraufhin Mikey plötzlich auf die Füße sprang.

»Jetzt wird gerockt!«, sagte er mit einem lustigen nordischen Akzent. Er redete genauso schräg wie zuvor. Genauer gesagt sogar noch schräger.

Der Wikingerjunge stand auf, klatschte mit Mikey ab und winkte zum Abschied.

Hojo, Mikey und ich rannten zum Bug des Schiffs, was gar nicht so einfach war. Der Sturm war inzwischen voll entfacht und schleuderte das Schiff in den Wellen auf und ab. Bei jedem erneuten Schwanken schlidderten wir übers Deck. Donnergrollen war zu hören. Der Wind heulte. Als wir endlich den Bug erreichten, wartete dort Dad auf uns. Und übergab sich.

Igitt!

Wir hielten uns die Nase zu und stiegen über die Piratenkotze hinweg. Im selben Moment kam ein Windstoß und schob das Schiff über einen weiteren Wellenkamm. Plötzlich krachte es ohrenbetäubend laut. Das Tau, das das riesige Segel gehalten hatte, war gerissen und peitschte durch die Luft. Ehe wir wussten, wie uns geschah, schwang der stammdicke Segelbaum übers Deck und sauste direkt auf Mikeys Kopf zu. Mir blieb fast das Herz stehen. Selbst der schwerste Helm würde ihn nicht vor dem sicheren Tod bewahren können.

»Vorsicht!«, brüllte ich. Mit einem Satz war ich bei Mikey und stieß ihn um. Er fiel hin und ich landete auf ihm drauf. Nur eine Sekunde später sauste der Balken über unsere Köpfe hinweg und verfehlte uns nur um Haaresbreite. Atemlos blickte ich nach oben, wo das Segel im Wind flatterte.

»Mikey-Bubi!«, kreischte Mrs Baker über das Heulen des Windes hinweg. »Ist dir etwas passiert?«

»Es geht ihnen gut«, erwiderte Hojo. Unsanft half sie Mikey und mir auf die Füße.

»Ich muss schon sagen, das war ein ziemlich cooler Move, Bruderherz«, sagte sie. »Hast du dir den von mir abgeguckt?«

Ich wischte mir den Schweiß von der Stirn. »Hey, vielleicht kann ich so was auch ganz allein!«

»Zack!«, rief Mikey mit seinem merkwürdigen Akzent. Er umarmte mich so fest, dass ich den Boden unter den Füßen verlor.

»Okay, okay, Kumpel«, stieß ich hervor, während er mich weiter an sich drückte, als wollte er mich zerquetschen. »Ich hab's kapiert. Du willst dich bei mir bedanken. Ist schon okay, hörst du? Sieh einfach zu, dass du dich nicht ständig in Lebensgefahr bringst. Und jetzt lass uns endlich von hier verschwinden.«

Grunzend setzte Mikey mich wieder ab. Er hob die Hand, um mit mir abzuklatschen – und verfehlte mich um mehr als zwanzig Zentimeter.

Wir schafften es gerade noch zum Winnebago zurück, ehe der Himmel nachtschwarz wurde.

Kapitel 11

Nächste Station: zu Hause. Dem Himmel sei Dank.

In meinem ganzen Leben war ich noch nie so froh gewesen, wieder in das langweilige Springville zurückzukehren. Selbst damals nicht, als wir von einem gefräßigen Velociraptor durch die Djadokhta-Formation in der Wüste Gobi gejagt worden waren.

Ich war hundemüde, und wenn ich mich nicht täuschte, erging es Mikey ganz ähnlich. Er saß neben mir und schnarchte laut. Sein Kopf unter dem schweren Helm hing zur Seite. Der arme Kerl würde beim Aufwachen üble Nackenschmerzen haben. Aber ich würde ihn garantiert nicht wach rütteln. Endlich hatte ich ein bisschen Ruhe und konnte friedlich vor mich hin arbeiten.

Ich schnappte mir noch ein paar Snickers-Verpackungen und schrieb auf, was ich auf dem Wikingerschiff gesehen hatte. Als ich fertig war, war meine rechte Hand steif und verkrampft. Aber das war mir egal. Ich hatte jetzt genug Material für mindestens zweieinhalb Aufsätze.

Ahh ... Endlich durfte ich mir eine Pause gönnen. Aber kaum hatte ich es mir in meinem Sitz bequem gemacht, holperte der Winnebago über eine Bodenwelle und Mikey schreckte hoch.

»Land in Sicht, meine Lieben!«, rief Dad vom Fahrersitz aus. »Es ergeht die freundliche Aufforderung an alle, normale Straßenkleidung anzuziehen, wieder Platz zu nehmen und sich auf die Ankunft vorzubereiten.«

Wir wechselten die Kleider. Alle außer Mikey. Er saß da und blickte sich in dem Winnebago um, als säße er zum ersten Mal in einem motorisierten Gefährt. Ich tippte ihn an seine Schulter.

»Kumpel, du bist an der Reihe.«

Er sah erst mich, dann seine Eltern und schließlich Hojo an.

»Komm schon«, sagte ich. »Höchste Zeit, die Klamotten zu wechseln.« Ich deutete auf seine Kleidung und forderte ihn mit einer Geste auf, sich umzuziehen.

Er schüttelte den Kopf und umklammerte mit beiden Händen seinen Helm.

»Willst du mich veräppeln?«

Mikey schüttelte den Kopf.

Der Winnebago kam mit einem letzten Ruckeln zum Stehen. Wir standen wieder in unserer Einfahrt. Der Motor erstarb und Mom und Dad kamen zu uns in die Kabine.

»Wir sind wieder im einundzwanzigsten Jahrhundert«, verkündete Mom. »Ich hoffe, der Ausflug hat Ihnen gefallen. Wir würden uns freuen, wenn Sie sich die Zeit nehmen und unseren Fragebogen zur Kundenzufriedenheit ausfüllen würden.« Sie verteilte Formulare. Bei Mikey blieb sie stehen und zögerte. Er hielt seinen Helm so fest umklammert, dass seine Fingerknöchel weiß hervortraten.

»Junger Mann«, meinte sie. »Wir sind wieder zu Hause. Du kannst dich jetzt umziehen.«

Mikey umklammerte den Helm noch etwas fester. Was war nur mit dem Typen los? Hatte der Helm die Sauerstoffzufuhr zu seinem Gehirn unterbrochen?

Mrs Baker eilte aufgeregt herbei und zupfte Mom am Arm. »Er ist ganz vernarrt in diesen Helm«, sagte sie. »Vielleicht könnte ich ihn kaufen? Als kleines Geburtstagssouvenir? Möchtest du den Helm haben, Mikki-Wikki?« Sie tätschelte den Kopf ihres Sohns oder besser gesagt den Helm.

»Jetzt wird gerockt!«, nuschelte Mikey.

Mr Baker lachte. »So ein Schlingel.« Er zog eine dicke Brieftasche hervor. »Also, was ist? Verkaufen Sie uns den Helm?«

Mom und Dad sahen sich mit hochgezogenen Augenbrauen an und zuckten mit den Schultern.

»Ich schätze, das geht in Ordnung«, sagte Mom.

Mr Baker reichte Dad ein Bündel Geldscheine.

»Danke, sehr freundlich, der Herr«, meinte Dad und steckte das Geld rasch in die Hosentasche.

Ich sammelte die Schokoriegelfolien ein und stand auf. »Können wir jetzt aussteigen? Ich habe noch ziemlich viel zu tun.«

Da stieß Mikey mich in die Seite und fuchtelte hektisch mit den Armen.

»Ich weiß«, sagte ich. »Ich will auch endlich hier raus.«

Mikey schüttelte den Kopf, dann bewegte er die Finger, als würden sie davonlaufen wollen.

»Ich weiß nicht, was du meinst«, erwiderte ich.

Mikey wiederholte das Ganze noch einmal.

»Ja, schon gut«, sagte ich. »Wir steigen ja sofort aus.«

Mikey schüttelte den Kopf.

»Was willst du eigentlich?«, fragte ich entnervt.

Mikey legte seine gefalteten Hände an die Wange.

»Oh, ich weiß es!«, rief Mrs Baker. »Das Geburtstagskind stellt uns ein Pantomimen-Rätsel. Das hat in der Familie Baker Tradition.« Sie nickte ihrem Sohn zu. »Mach weiter.«

Ich stöhnte. Würde dieser Tag denn nie enden?

Mikey trippelte wieder mit den Fingern, dann deutete er auf mich, faltete die Hände und legte sie an seine Wange.

»Ich weiß es«, rief Mr Baker. »Er hofft, dass Zack noch eine Runde rennt und dann eine gute Nacht hat.«

»Nein, nein.« Mrs Baker schüttelte den Kopf. »Das meint er nicht.«

Hojo verdrehte die Augen. »Warum sagt er nicht einfach, was er will, so wie jeder normale Mensch?«

»Dann wäre es kein Geburtstagsrätsel mehr«, erklärte Mrs Baker. Mikey wurde immer aufgeregter - er deutete wieder auf mich und schmiegte seine gefalteten Hände an die Wange. Mom, Dad, Mr und Mrs Baker riefen jetzt haarsträubend abwegige Antworten in die Runde.

»Er möchte sich rasieren lassen!«

»Er ist ein Roboter!«

»Er hat seine Schuhe in den Ofen geworfen!«

Moment mal! Wie bitte? Der letzte Vorschlag ergab ja wohl überhaupt keinen Sinn.

Schließlich packte Mikey mich am Arm und zog mich zum nächstbesten Sitz. Dort ließ er sich gegen die Lehne fallen und tat so, als würde er schnarchen.

»Aha!«, rief Mrs Baker. »Ich hab's! Er will bei Zack übernachten!«

Ich sprang auf. »Nein, das geht nicht!« Mom warf mir einen Blick zu. Einen Blick, mit dem sie mir klarmachen wollte, dass man mit potenziellen Kunden beziehungsweise Geschäftspartnern diplomatischer umzugehen hat.

»Äh, ich meine, das hört sich nach jeder Menge Spaß an«, flunkerte ich. »Aber es warten leider noch Berge von Hausaufgaben auf mich.«

»Aye, ich denke, die Hausaufgaben können auch noch etwas länger warten, nicht wahr, mein Schatz?«, meinte Dad.

»Natürlich, wir werden Zacks Lehrer eine Entschuldigung schreiben«, versicherte Mom.

Eine Entschuldigung? Und wie genau würde die aussehen?

Sehr geehrter Mr Fiske,

es tut uns sehr leid, aber Zack kann heute leider nicht die Hausaufgaben anderer Schüler machen, weil er für einen durchgeknallten Jungen Babysitter spielen muss, der sich an seinem Geburtstag als Wikinger verkleidet hat.
Wir bitten Sie daher, unseren Sohn zu entschuldigen.

Oh, und wenn sie dann den Notarzt rufen, weil man Zack zu Brei geschlagen hat, dann sagen Sie doch bitte den Sanitätern, dass er allergisch gegen Penizillin ist.

Mit freundlichen Grüßen,

Mr und Mrs Grover-Grünbart

Die Bakers klatschten begeistert in die Hände.

»Wunderbar!«, jubelte Mrs Baker. »Ist das nicht der beste Geburtstag, den du dir vorstellen kannst, Mikki-Wikki?«

Mikey nickte. Er hob den Helm einen Fingerbreit an, sodass man seinen Mund sehen konnte, und grinste dämlich. Da fiel mir zum ersten Mal auf, dass er einen Zahnarztbesuch bitter nötig hatte. Mindestens drei Backenzähne fehlten und zwei Schneidezähne waren so gelb, als wären sie zwei Jahre lang in Kaffee eingelegt gewesen. Von seinem Mundgeruch nach fauligem Fisch ganz zu schweigen.

»Komm«, seufzte ich und hielt mir die Nase zu. »Lass uns reingehen. Ich zeige dir mein Zimmer. Aber tu mir den Gefallen und schlaf so weit wie möglich von mir entfernt, okay?«

Kapitel 12

»Pip und Pop! Kommt zu Mami!«, rief Mrs Baker, kaum dass unsere muntere Schar der Zeitreisenden das Haus betreten hatte. Die zwei Pudel kamen um die Ecke gesaust, sprangen sofort in Mrs Bakers Arme und schleckten ihr Gesicht ab.

Mom stellte ihr Reisegepäck auf den Boden und sah sich in dem leeren Wohnzimmer um. »Hm, wie seltsam. Wo ist Grog?«, wunderte sie sich. Hey … *Grog?«*

Oben an der Treppe ging quietschend die Schlafzimmertür auf. Durch den Türspalt war Grogs zotteliger Kopf zu sehen.

»Jo«, sagte er. »Sind die kleinen Fellknäuel weg?«

Beim Klang seiner Stimme spitzten Pip und Pop die Ohren. Sie sprangen von Mrs Bakers Armen und sausten die Treppe hoch. Grog riss entsetzt die Augen auf. Blitzschnell schlug er die Tür zu, bevor die Mini-Pudel in sein Zimmer stürmen konnten. Die beiden Hunde jaulten, als sie unsanft gegen die Tür prallten. Dann fingen sie an, am Holz zu kratzen.

»Da könnt ihr lange winseln«, hörten wir Grog rufen.

»Grog«, schimpfte Mom. »Sei nicht so ungehobelt. Komm heraus und verabschiede dich von unseren Gästen.«

»Ich kann nicht. Ich hab schon meine Schlafsachen an«, erklang Grogs Stimme hinter der verschlossenen Tür. »Ich erzähl's euch später, Leute. Es war echt schlimm.«

Pip und Pop schnüffelten noch einmal am Türschlitz, ehe sie wieder nach unten rannten, wo Mrs Baker schon auf sie wartete, um sie mit Leckerlis zu verwöhnen.

Mr Baker schüttelte Dad die Hand. »Werter Herr«, sagte er. »Ich muss zugeben, ich hatte anfangs Zweifel, ob es Ihnen gelingen würde, uns eine möglichst echte Zeitreise zu präsentieren. Ich weiß nicht, wie Sie das geschafft haben.«

Als ich das hörte, war meine Geduld am Ende. »Weil wir *wirklich* durch die Zeit gereist sind, ganz einfach!«, platzte es aus mir heraus.

Mr Baker hörte auf zu reden und zog die Augenbrauen zusammen. Er legte den Kopf schief und kicherte. »Ha! Fast hättest du mich reingelegt«, sagte er. »Aber wie du siehst, ist es schon Abend. Bei einer echten Zeitreise wären wir wieder genau an unseren Ausgangszeitpunkt zurückgekehrt. Ich weiß das, ich sehe mir nachts nämlich gerne Science-Fiction-Filme an.« Er lächelte selbstzufrieden.

Ich spielte mit dem Gedanken, ihm zu erklären, dass Zeitreisen eben gerade *nicht* auf diese Weise funktionierten. Wenn man sechs Stunden weg ist, dann sind bei der Rückkehr ebenfalls sechs Stunden vergangen. Andernfalls müsste man ja in der eigenen Dimension zusätzlich in der Zeit zurückgehen, und das würde nicht klappen.

»Wie auch immer, Sie haben mich überzeugt«, fuhr Mr Baker fort. »Ich bin beeindruckt. Und Mikey hat viel Spaß gehabt. Auf der Rückfahrt hat er kein einziges Mal dieses Spieldings in die Hand genommen. Er wirkt wie verwandelt!«

Wie verwandelt, genau.

Mikey stand am Klavier, drückte nacheinander verschiedene Tasten und wich jedes Mal zurück, wenn ein Ton erklang. Ein Wunder, dass er unter dem riesigen Helm überhaupt etwas sah. Er drehte sich zu mir um, deutete auf das Klavier und nickte. Er tat so, als er hätte noch nie ein Musikinstrument gesehen.

Leise fragte ich Hojo: »Hältst du es für möglich, dass er auf dem Schiff doch einen Schlag abgekriegt hat und jetzt plemplem ist?«

»Und wennschon«, erwiderte sie. »Er hat seit zwanzig Minuten kein Wort mehr gesprochen. Ein großer Gewinn, wenn du mich fragst.«

Mikey hörte auf zu klimpern. Er kam zu mir und umarmte mich. Ziemlich fest sogar. Genau wie auf dem Schiff. Meine Füße baumelten eine Handbreit über dem Boden und ich bekam kaum noch Luft. Wer hätte gedacht, dass Mikey so viel Kraft hatte. Für jemanden, der seine Zeit hauptsächlich mit Videospielen verbrachte, war er ein echtes Muskelpaket. Er drückte mich so doll, dass mir Hören und Sehen verging.

»Autsch«, stöhnte ich. »Du kannst mich jetzt wieder absetzen.«

Stattdessen drückte er mich noch fester. Ich war schon ganz rot im Gesicht. »Hilfe, Mom!«, keuchte ich.

»Ach, nun hab dich nicht so, mein Schatz«, sagte Mom schmunzelnd. »Ich find's süß.«

»Ja-aber-ich-wünschte-er-würde-damit-aufhören«, stieß ich atemlos hervor. Endlich setzte Mikey mich wieder ab. Ich stützte mich auf die Knie und rang nach Luft. Ich hätte nicht sagen können, was schlimmer war - zu wenig oder zu viel gemocht zu werden. Beides schien gequetschte Rippen zur Folge zu haben.

»Es ist so wundervoll, dass Mikey einen neuen Freund gewonnen hat«, sagte Mrs Baker überglücklich.

Dad nickte. »Aye, das hat die Zeitreise bewirkt. Sie transformatiert.«

»Transformiert«, verbesserte ihn Hojo.

»Aye, das auch«, sagte Dad.

Mr Baker zog seine Brieftasche hervor und drückte Dad ein weiteres Bündel Geldscheine in die Hand.

»Aber Sie haben doch bereits bezahlt, Sir«, wunderte sich Dad.

»Ein kleines Extra als Dankeschön«, erklärte Mr Baker. »Nehmen Sie es als ein Zeichen für meine Bereitschaft, in Ihr Geschäft zu investieren.«

Mom und Dad schienen vor Glück zu platzen. Was ganz gut war, denn so sahen sie nicht, dass Mikey sich an der Vitrine zu schaffen machte, in der sich Blackbeards Schwert befand. Ich zog ihn weg, bevor er womöglich noch auf die Idee kam, mit seinem Helm die Glasscheibe zu zertrümmern. Wann um alles in der Welt würde er endlich dieses Ding absetzen?

»Nun, dann werden wir uns jetzt verabschieden«, sagte Mr Baker. »Und morgen früh holen wir unseren Mikey wieder ab.«

»Schätzelchen«, rief Mrs Baker und lockte Pip und Pop mit ein paar Leckerlis, damit sie in ihre Handtasche hüpften. »Ich wünsche dir eine wunderbare Nacht, mein Sohn. Und noch einen schönen Geburtstag!« Sie winkte Mikey zum Abschied.

Er winkte. »Jetzt wird gerockt!«

»Ach, dieser Junge«, sagte Mrs Baker kopfschüttelnd, als sie und ihr Mann zum Auto gingen.

Mom und Dad sanken nebeneinander auf die Couch.

»Was für ein Tag«, seufzte Mom.

»Aye.« Dad nahm seine Augenklappe ab, und im Nu waren er und Mom eingeschlafen. Hojo schaltete den Fernseher ein und fing an, Xbox zu spielen.

»Tja«, sagte ich zu Mikey. »Ich geh in mein Zimmer. Ich muss bis morgen noch zwei Aufsätze schreiben.«

Mikey trottete schweigend hinter mir her zur Treppe. Plötzlich tauchte Hojo wie aus dem Nichts vor mir auf.

»Mann!«, rief ich und wich erschrocken zurück. »Musst du dich immer so anschleichen?«

»Was kann ich dafür, dass ich schneller bin als du?«, gab sie zurück und legte einen Arm auf dem Geländer ab.

»Okay, ich bin beeindruckt. Lässt du mich jetzt durch?« Ich wollte mich an ihr vorbeizwängen, aber Hojo legte die Hand auf meine Brust und hielt mich auf.

»Moment«, sagte sie. »Was für Aufsätze? Wieso hast du heute den ganzen Tag über irgendwelchen Hausaufgaben gebrütet?«

»Was geht das dich an?«

Sie verdrehte die Augen.

»Das waren Hausaufgaben für Geschichte, okay?«, brummte ich. »Und jetzt lass mich in Ruhe, sonst werde ich nie fertig.«

»Ach ja? Ich kenne dich, Zack. Wenn morgen Abgabetermin ist, hättest du den Aufsatz garantiert schon vor drei Wochen fertig gehabt«, sagte sie. »Wenn nicht gar schon lange, bevor ihr ihn aufbekommen habt.«

»Na und? Was willst du damit andeuten? Ich hatte eben total viel um die Ohren.«

»Du schreibst die Aufsätze für die zwei Idioten an der Schule, stimmt's? Wie heißen sie doch gleich … Schwamm und Knick?«

Meine Schultern sackten nach unten. »Sam und Craig. Ist das so leicht zu erraten?«

»Ich bin deine Schwester, Zack. Ich kenne dich«, sagte sie. »Und es geht mir gehörig gegen den Strich, wenn ich sehe, wie die dich herumschubsen. Das darf nur ich.«

Ich schnaubte. »Ja, schon gut. Kann ich jetzt endlich nach oben gehen? Auf mich wartet ein Haufen Arbeit.« Ich war nicht in der Stimmung, mich mit Hojo herumzuschlagen. Es war schon peinlich genug, dass sie mir früher immer aus der Patsche geholfen hatte. Ich wollte mir nicht auch noch ihre Belehrung anhören müssen.

»Okay, ich lass dich vorbei, aber nur unter einer Bedingung«, meinte sie.

»Ich will nicht, dass du für mich kämpfst«, erwiderte ich.

»Das werde ich nicht. Ich möchte dir nur einen Rat geben.«

»Okay.«

»Denk daran, der beste Weg, um eine Schlacht zu gewinnen, ist es, dem Feind mit etwas Überraschendem den Wind aus den Segeln zu nehmen.«

»Zum Beispiel?«, fragte ich.

»Woher soll ich das wissen?«, antwortete sie. »Wenn ich dir darauf eine Antwort geben könnte, dann wäre es ja nichts Überraschendes mehr. Ts.« Sie verdrehte wieder die Augen.

»Okay, danke für den Tipp«, sagte ich und ging an ihr vorbei. Mikey trottete hinter mir her, ich roch seinen nach Fisch stinkenden Atem.

Mein Zimmer befand sich am anderen Ende des Flurs, direkt neben dem Badezimmer. Es war ziemlich groß. Ich hatte ein Bett, einen Schreibtisch, eine Kommode und Poster an der Wand. Aber mein Lieblingsteil war der Zeichentisch. Er hatte einmal Leonardo da Vinci gehört. Auf dem Tisch bewahrte ich die Zeichenutensilien für meine Graphic Novel auf. Ich konnte es nicht ausstehen, wenn jemand am Tisch herumschnüffelte oder etwas anfasste oder auch nur in seine Nähe kam. Ich wurde schon genug geärgert, da brauchte ich nicht auch noch jemanden, der das Einzige, was mir wirklich etwas bedeutete, kaputt machte (oder Witze darüber riss).

Natürlich hatte Mikey nichts Besseres zu tun, als schnurstracks zum Tisch zu gehen.

»Halt!«, sagte ich.

Er nahm die Zeichen- und Filzstifte in die Hand, zog die Kappen ab und schnüffelte daran. Ich schüttelte den Kopf. Na ja, wenigstens ließ er die Finger von meinen Zeichnungen. Und er war ungewöhnlich still, da hatte Hojo schon recht. Ich ließ ihn in Ruhe und setzte mich an den Tisch, um meine Wikinger-Notizen zu ordnen. Ich hatte zwar alles aufgeschrieben, aber die eigentliche Arbeit bestand darin, die Informationen in eine sinnvolle Reihenfolge zu bringen. Wahrscheinlich würde ich die halbe Nacht dafür brauchen. Ich zog die zerknüllten Snickers-Papierchen aus der Tasche, um sie auf dem Tisch auszubreiten.

Oh nein.

Bitte nicht …

Neiiiin!

Ich schlug die Hände vors Gesicht und spähte durch die Finger hindurch.

Von meinen Notizen war nur noch ein schwarzer Klumpen übrig. Ein schwarzer Klumpen mit Karamell- und Erdnussflecken. Meine Notizen waren total verschmiert! (Rückblickend muss ich zugeben, dass Verpackungsfolie vielleicht doch kein geeignetes Material ist, um darauf zu schreiben.) Als mir der Schokogeruch von den Papierchen in die Nase stieg, fing auch noch mein Magen an zu knurren. Ich pulte ein Schoko-Erdnussstückchen heraus und steckte es in den Mund. Hart wie Stein. Igitt. Sofort spuckte ich es wieder aus.

Das war der schlimmste Tag meines Lebens, keine Frage.

Abgesehen von morgen. Morgen würde es noch schlimmer werden. Wenn ich Sam und Craig keine Aufsätze vorzuweisen hatte, würde morgen mein letztes Stündlein schlagen.

Ich verschränkte die Arme und legte den Kopf auf den Tisch. Eine kleine Pause, mehr brauchte ich nicht. Dann würde ich mit den Aufsätzen anfangen. Noch einmal ganz von vorne. Was blieb mir anderes übrig?

Kapitel 13

Ich trieb in einem Pool. Einem großen Pool mit warmem Wasser. Die Sonne brannte auf mein Gesicht und ich roch … Peperoni und verfaulte Eier?

Igitt. Was war das denn?

Ich öffnete die Augen und kam langsam wieder zu mir. Meine Wange war glitschig und auf dem Schreibtisch hatte sich eine Spuckepfütze gesammelt. Plötzlich nahm ich die Umrisse einer kräftigen Person wahr, die sich schwer atmend über mich beugte.

»Aaaaah!«

Ich schoss in die Höhe. Mein Herz raste. Was hatte dieser Typ mit dem zerzausten blonden Haarschopf in meinem Zimmer zu suchen?

Oh, ich hatte es schon fast vergessen. Mikey übernachtete bei mir. Puh.

Aber als ich mir die Spucke von der Wange wischte, erkannte ich, dass dieser Junge nicht Mikey war. Es sei denn, Mikey hatte sich in den letzten zwei Stunden Muskeln wie ein Profiboxer zugelegt.

»Aaaaah!«, schrie ich entsetzt.

Nicht-Mikey schrie ebenfalls. Dann redete er in einer mir unverständlichen Sprache auf mich ein. Es war nicht Englisch.

Nicht Spanisch. Nicht Französisch. Und auch sonst keine Sprache, die mir je zu Ohren gekommen war. Es sei denn …

Ich knipste das Licht an.

Ein Wikingerjunge starrte mich mit wildem Blick an und fuchtelte mit den Armen. *Waldemar.* Ich traute meinen Augen nicht. Er hatte sich offensichtlich heimlich an Bord des Winnebago geschlichen. So wie damals Fussel. Ein Gefühl sagte mir, dass dieses Problem sich nicht mit einem Schrumpfinator lösen lassen würde. Waldemar gestikulierte wild und ließ einen Wortschwall Altnordisch auf mich niederprasseln.

»Moment, Moment.« Ich kramte meinen genial-globalen Universalübersetzer hervor, stöpselte ihn in mein Ohr und schaltete den Apparat ein.

»Du musst mir helfen!«, rief Waldemar gerade. »Heute Abend ist das große Fest. Bei mir zu Hause im Dorf. In Haugesund. Ich habe das Fest verpasst, um hierherzukommen. Auch das Essen. Jetzt ist Waldemar sehr hungrig.«

»Was sagst du da?« Mein schlaftrunkener Verstand arbeitete nicht schnell genug, um Waldemars Worte zu verarbeiten. Das Essen verpasst? Wie spät war es denn? Halb elf. Halb elf?! Ich hatte fast zwei Stunden geschlafen! Und in zehn Stunden musste ich wieder in die Schule.

»Waldemar ist sehr hungrig!«, wiederholte der Wikingerjunge. »Ich habe alles im Haus aufgegessen. Kann mein großzügiger Gastgeber Waldemar zeigen, wo Piiitsa Hatt Büffe ist?«

»Was für ein Büffel?« Vielleicht befand ich mich gerade in einem bizarren Traum. Besser gesagt, in einem Albtraum. Ich blinzelte ein paarmal. Aber Pech. Waldemar war immer noch da und er war jetzt richtig aufgeregt.

»Büffe«, wiederholte er. »Wie auf dem Wikingerfest. Bergeweise gutes Essen. Wo ist Büffe?«

Verwundert rieb ich mir die Augen. Ich hatte keinen blassen Schimmer, wovon der Junge sprach.

»Ich verstehe nicht, was du meinst«, sagte ich.

»Der andere hat mir von Büffe erzählt«, meinte Waldemar.

»Welcher andere?«

»Der andere mit dem weichen Gesicht. Der Junge, mit dem Waldemar den Platz getauscht hat. Also, wo ist Büffe?« Waldemar rieb sich hungrig den Bauch, dann stapfte er hinaus und blickte suchend rechts und links den Flur entlang.

Ich sprang von meinem Stuhl auf. »Moment mal! Was soll

das heißen, du hast mit ihm den Platz getauscht? Und wo willst du überhaupt hin?«

Ich rannte zur Tür, aber Waldemar war schon weg. Es war der reinste Albtraum! Wenn Waldemar hier bei uns war und mit einem anderen Jungen den Platz getauscht hatte, dann war Mikey ... immer noch bei den Wikingern!

Und Mikey steckte nicht nur in der Vergangenheit fest, er gab auch noch vor, der Sohn des Jarls zu sein!

Das würde todsicher kein gutes Ende nehmen.

Ich musste zurück nach Haugesund. Und zwar schnell. Sonst würde Mikey am Ende noch auf einem kriegerischen Wikingerschiff in See stechen.

Kapitel 14

Ich schlich mich in Grogs Zimmer. Sein Handy lag auf seiner Brust und er schlief tief und fest. Er schnarchte so laut, dass die Ringerpokale auf dem Regal wackelten, als würden sie untereinander noch einen Kampf bestreiten. Ich huschte auf Zehenspitzen über den Teppich, um ihn nicht aufzuwecken. Glaub mir einfach, wenn ich dir sage, dass es keine gute Idee ist, einen Höhlenmenschen aus dem Schlaf zu reißen.

Auf dem Schreibtisch lagen die Schlüssel für den Winnebago. Ich nahm sie und verließ das Zimmer.

Plötzlich spürte ich eine Hand auf meiner Schulter. Vor Schreck wäre ich fast an die Decke gegangen. Mein Herz machte einen Satz, es schien fast aus der Kehle hüpfen zu wollen. Was nun? Langsam drehte ich mich um. Vor mir stand Hojo. Ich schluckte.

»Mann, Hojo«, stieß ich hervor. »Du darfst dich nicht immer so anschleichen. Echt jetzt.«

»Ja, schon gut«, winkte sie ab und deutete auf die Schlüssel. »Wo um alles in der Welt willst du hin?«

»Ähm, also«, murmelte ich. »Ich will den Winnebago in die Waschanlage fahren.«

»Klar doch«, sagte Hojo. »Und ich bin auf dem Weg zu meiner Pediküre. Denk dir was Besseres aus. Oder muss ich erst Mom und Dad holen?«

»Okay, ich mache es kurz«, seufzte ich. »Mikey hat mit einem Wikingerjungen Plätze getauscht und jetzt sitzt er in Norwegen fest. Und was machst *du* so spät noch hier?«

»Ich bin von deinem Geschrei wach geworden«, sagte sie.

»Haha. Hör zu, ich hab jetzt keine Zeit für so was. Ich muss ganz dringend noch mal weg.«

»Du gehst nirgendwohin«, meinte Hojo streng. Dann grinste sie. »Zumindest nicht ohne mich. Ich rieche es, wenn eine Schlacht bevorsteht. Dafür habe ich eine feine Nase.«

»Okay, Sun Tzu«, sagte ich.

»Ich bin keine Chinesin«, fauchte Hojo mich an. »Und ich bin auch nicht blöd. Aber ich kann einen Typen in zehn Sekunden außer Gefecht setzen.«

»Eins zu null für dich«, sagte ich. »Also gut, dann lass uns gehen, ehe es zu spät ist.«

Wir liefen die Treppe hinunter. An der Küchentür blieb ich einen Augenblick entsetzt stehen. Kühlschrank, Vorratsfächer, Schubladen, Aufbewahrungsbehälter – alles stand weit offen. Leere Dosen, Beutel und Folien lagen überall herum.

»Boah«, stöhnte ich. »Waldemar hat nicht übertrieben. Er hat wirklich alles gefuttert. Wie soll ich das Mom und Dad erklären?«

Hojo warf einen Blick in die Küche und schüttelte den Kopf. »Glaub jetzt bloß nicht, dass du die Schuld auf Fussel abwälzen kannst.«

Gar keine so schlechte Idee …

»Ich würde nicht im Traum daran denken«, versicherte ich ihr.

Wir schlichen an Mom und Dad vorbei, die immer noch auf der Couch schliefen, und rannten zum Winnebago. An der Tür blieb Hojo stehen.

»Hey, was ist mit dem kleinen Wikinger?«, fragte sie. »Sollten wir ihn nicht nach Hause zurückbringen?«

Ich blickte die Straße entlang. »Dazu ist jetzt keine Zeit«, sagte ich. »Um ihn kümmern wir uns später. Zuerst müssen wir Mikey holen.«

Wir stiegen in das Wohnmobil. Ich setzte mich auf den Fahrersitz, steckte den Schlüssel ins Zündschloss und drückte dagegen. Nichts rührte sich. Ich versuchte es noch einmal. Hojo beobachtete mich mit hochgezogenen Augenbrauen.

»Was hat dieses blöde Karre denn?«, fragte ich entnervt. Ich drückte und drückte, aber es machte immer nur *Klick*.

»Willst du mich auf den Arm nehmen?«, fragte Hojo.

»Denkst du, ich würde in so einem Augenblick Witze machen?«, fragte ich zurück.

»Du musst ihn *drehen*. Siehst du, so …« Sie drehte den Schlüssel rückwärts und hielt ihn einen Moment lang fest. Mit einem lauten Brummen sprang der Motor an.

»Oh. Danke.«

»Ich fasse es nicht, dass du nicht einmal weißt, wie man die Zeitreisemaschine startet. Hast du noch nie nachts zum Spaß eine Runde gedreht?«

»Nein, du etwa?«

»Na klar. Manchmal reise ich an andere Orte, um meine Kampfkunst zu vervollkommnen«, sagte sie. »Oder ich fahre ins Paris Anfang des zwanzigsten Jahrhunderts, um mir ein tolles Kleid für eine Party zu besorgen.«

»Hast du denn gar keine Angst, erwischt zu werden?« Meine Schwester versetzte mich immer wieder in Erstaunen.

»Genau das ist dein Problem, Bruderherz. Du lässt dich von anderen viel zu sehr einschüchtern.« Sie grinste frech. »Ich sehe schon, ich muss dir noch einiges beibringen.«

»Okay«, sagte ich. »Aber könnten wir das auf später verschieben? Jetzt müssen wir erst einmal Mikey retten.«

Hojo stieß mich beiseite. »Mach Platz, du Held.« Sie drückte einen Knopf und legte den Rückwärtsgang ein. »Norwegen, aufgepasst! Wir kommen!«

Kapitel 15

Wir rasten über die Zeitautobahn. Es dauerte nicht lange und Hojo stellte den Winnebago schwungvoll an der Stelle ab, wo wir zuvor am Ufer der nordischen See geparkt hatten.

»Wow«, sagte ich. »Dad sollte lieber dich ans Steuer lassen.«

»Ich weiß, ich weiß.« Sie ließ den Schlüssel in ihre Tasche gleiten. Wir zogen die Tarnung hoch und verwandelten den Winnebago in einen gestrandeten Wal, dann machten wir uns auf den Weg.

Inzwischen war es spätabends. Der Sturm hatte sich gelegt, aber die Wellen waren immer noch hoch und die Brandung schlug heftig an die Küste. Es roch nach Salz und fauligem Fisch. Irgendwo in der Ferne hörte man Fußstampfen, Musik und Lärm.

Hoffentlich war das keine Begräbnisfeier.

»Komm, hier entlang.« Ich deutete in die Richtung, aus der der Lärm kam. Wir gingen einen Pfad entlang, der zum Mittelpunkt der Ortschaft führte, einer großen Halle aus Holzbrettern und einem abschüssigen Dach. Sie sah aus wie eine Scheune, nur dass sie mit Schnitzereien von Booten und Fischen verziert war.

Wir öffneten einen Torflügel einen Spaltbreit und schlichen hinein. Drinnen musste ich mir die Nase zuhalten. Es war fast wie in einer Scheune – na ja, eigentlich doch nicht, es sei denn, die Bauernhoftiere hätten verschwitzte Wollsachen angezogen, sich mit Essen beschmiert und gelernt, wie man ins Horn bläst.

Ein langer Holztisch nahm fast die ganze Mitte des hohen Raums ein. Eine zottelige Horde hatte sich darum versammelt und stopfte sich mit Unmengen von Essen voll. Sie verputzten riesige Fleischstücke und ganze Brotlaibe. In einer Ecke löffelte ein Mann mit einer Kelle eine klumpige grüne Suppe direkt aus dem Kessel in seinen Mund. Wow. Wenn das die Art und Weise war, wie Wikinger aßen, dann wunderte es mich nicht, dass Waldemar noch hungrig gewesen war, nachdem er unsere Vorräte geplündert hatte. Wir konnten froh sein, dass er nicht auch noch den Kühlschrank verspeist hatte.

»Wo ist diese Knalltüte?«, fragte Hojo.

»Vermutlich stopft er sich gerade ein ganzes Hühnchen in den Mund und tanzt dabei Polonaise«, sagte ich und ließ den Blick schweifen. Ich suchte nach einem Jungen, dessen Kleidung ihn als Sohn des Jarls auswies.

»Äh, du liegst gar nicht mal so falsch.« Hojo knuffte mich in die Seite und deutete ans Ende des langen Tischs. Ich folgte ihrem Blick. Dort befand sich ein kunstvoll geschnitztes Podest. Und auf dem Podest befand sich ein Thron und auf dem Thron saß …

»Mikey?«, sagte ich und seufzte vor Erleichterung. Was für ein Glück. Wir hatten es noch rechtzeitig geschafft.

Mikey blickte überrascht hoch und winkte. Sein Gesichtsausdruck war halb Lächeln, halb Grimasse, als ihm ein sehr großer, bärtiger Mann mit einem langen Zopf - oder war es eine Frau? - ein Tablett mit Käse anbot, über dem die Fliegen kreisten. Mikey scheuchte die Frau weg. Sie verneigte sich und eilte davon. Nach ihr kam ein muskulöser Mann und zeigt ihm einen dicken Laib Brot. Mikey nickte, woraufhin der Mann das Brot vor ihn hinlegte, während ein anderer Mann Fleisch in kleine viereckige Bissen zerschnitt.

»Was zum Teufel geht hier vor?«, wunderte sich Hojo. »Sie scheinen ihn für eine Art Gott zu halten.«

Ich schaltete den Universalübersetzer in meinem Ohr ein und wir pirschten uns näher an Mikey heran.

»Findet der kleine Gott Gefallen an unseren Gaben?«

»Ich weiß es nicht. Er sieht nicht sehr erfreut aus.«

»Du wirst es nicht glauben, Hojo«, flüsterte ich. »Aber genau das tun sie.«

»Willst du mich veräppeln?«, sagte Hojo. »Wie bescheuert muss man sein, um diesen Typen für einen Gott zu halten?«

Mikey nahm seine PS Vita, blickte auf den Bildschirm und wackelte mit dem Joystick. Die Reaktion der Wikinger war erstaunlich. Sie flohen in alle Richtungen, rempelten sich gegenseitig an, ließen das Geschirr fallen und fluchten laut.

»Schnell! Bringt ihm frischen Käse, ehe er mit seiner schwarzen Zauberkiste unser ganzes Dorf zerstört!«

»Das war der frischeste Käse, den wir haben.«

»Dann verbeugt euch und betet!«

»Es reicht schon, wenn man *Viking Quest* im Heldenmodus für die Wirklichkeit hält«, beantwortete ich Hojos Frage.

»Dann ist man auch bescheuert genug, daran zu glauben, dass Mikey mithilfe des Spiels die Macht über alle hat.«

»Das ist total irre«, sagte Hojo.

Wir bahnten uns einen Weg durch die Menge und stellten uns neben Mikeys seltsamen Thron.

»Leute!«, rief er. »Ich bin so froh, dass ihr gekommen seid. Können wir jetzt schnell wieder weg? Hier ist es überhaupt nicht so cool wie im Videospiel. Habt ihr gesehen, dass aus der Fleischpastete Würmer kriechen? Und stellt euch vor, sie haben einen toten Fisch aus der Erde hervorgegraben und wollten ihn mir tatsächlich zu essen geben!« Mikey schüttelte sich.

Ich ballte unwillkürlich die Hände zu Fäusten. Ob der tote Fisch noch irgendwo hier lag? Am liebsten hätte ich ihn genommen und Mikey über den Kopf gezogen. »Was hast du dir nur dabei gedacht, mit dem Wikingerjungen den Platz zu tauschen?«

Mikey zuckte die Schultern. »Keine Ahnung, ich hielt es für eine gute Idee.«

»Auf den Turnierplatz zu rennen, war wohl auch eine von deinen guten Ideen?«

»Genau«, murmelte Mikey.

Ich grummelte verärgert.

»Ich hätte den ganzen Zirkus ja schon längst beendet«, sagte Mikey. »Aber sie lassen mich nicht von diesem Thron aufstehen.« Er blickte nach rechts und nach links.

»Moment mal«, sagte Hojo. »Was soll das heißen, sie lassen

dich nicht aufstehen? Wenn du aufstehen willst, dann tu's doch einfach.«

»Ja schon, aber ...«, fing Mikey an.

»Wo hättest du denn hingewollt?«, unterbrach ich ihn schroff.

Mikey grinste. »Nach draußen. Ich wusste, dass du zurückkommen würdest, um mich zu holen. Du bist der mutigste Mensch, den ich kenne.«

»Wie bitte?«, fragte Hojo entrüstet. »Er und mutig? Und was ist mit ...«

Sie konnte ihren Satz nicht zu Ende bringen, denn eine Delegation Wikinger brachte jetzt ein Tablett mit Käse, auf dem sich nicht ganz so viele Fliegen tummelten wie zuvor.

»Vielleicht findet das dein Wohlgefallen, Herr«, sagte einer von ihnen und verbeugte sich ehrfurchtsvoll.

»Ich weiß nicht, was sie wollen«, beschwerte sich Mikey. »Das Zeug ist widerlich.« Er hielt sich die Nase zu und scheuchte seine Anhänger weg. Die Wikinger warfen einander sorgenvolle Blicke zu.

»All unsere Versuche schlagen fehl.«

»Wir dürfen ihn nicht enttäuschen.«

»Es ist unsere Pflicht, ihn zu beschützen.«

Mikey streckte sich und stand auf.

»Hey, danke, Leute«, sagte er und massierte seinen Bauch. »Ich bin echt total satt. Dann werde ich mal wieder losziehen. Bis irgendwann.« Er machte versuchshalber einen Schritt. Sofort legte ein Wikinger seine Hand auf Mikeys Schulter und stieß ihn zurück auf den Thron.

Mikey stöhnte. »Seht ihr, was ich meine? Sie lassen mich einfach nicht gehen.«

Die Wikingerin mit dem langen Zopf beugte sich zu ihrem Nachbarn und fragte: »Was sollen wir nur tun, Bruder? Der Gott scheint zornig auf uns zu sein. Unsere Gaben haben ihm nicht gefallen.«

»Er stellt unsere Ergebenheit auf die Probe, Sigrdrif«, erwiderte der Mann. »Wir müssen uns noch mehr anstrengen. Hab ein wachsames Auge auf ihn und tu alles, damit ihm ewiges Glück sicher ist. Ansonsten wird er mit seinem Zauberkasten unser Dorf dem Erdboden gleichmachen und unsere Fischgründe zerstören.«

Ich sah Mikey an und sagte: »Du hast recht. Sie werden dich nicht gehen lassen. Sie halten dich für einen Gott.«

»Ha!«, schnaubte Mikey. »Das erklärt auch, warum sie mir andauernd eine Krone aufsetzen wollen. Kann ich ihnen nicht einfach befehlen, mich gehen zu lassen?« Er stand wieder auf. Sofort drückte ihn eine schwere Hand auf den Thron zurück.

»Sieht nicht so aus«, sagte ich.

»Mann, wenn ich schon ihr Gott bin, dann will ich sie wenigstens ein bisschen rumscheuchen«, beschwerte sich Mikey.

»Ich fürchte, so läuft das hier nicht«, erklärte ich. »Sie scheinen zu glauben, dass es ihre Pflicht ist, dich rund um die Uhr zu bewachen.«

»Oh Mann«, seufzte Mikey. »Kein Wunder, dass der Wikingerjunge so scharf darauf war abzuhauen. Hier ist es echt ätzend.«

»Irgendwelche Vorschläge, Schwesterherz?« Ich stieß Hojo an, aber sie zuckte nur mit den Schultern.

»Da muss ich passen«, sagte sie. »Ich nehme es problemlos mit einer Schar wütender Ninjas auf, aber diese Kerle hier werden es nicht zulassen, dass wir Mikey mitnehmen. Nicht solange sie glauben, dass er mit seiner PS Vita ihr Schicksal lenken kann.«

Ich dachte eine Minute lang nach. Langsam nahm eine Idee in meinem Kopf Gestalt an …

»Mikey«, rief ich. »Ich habe eine Idee. Aber dazu brauchen wir das Videospiel.«

»Alles, was du willst, Boss.« Er zog seine Playstation aus der Hosentasche. Die Wikinger stierten ihn an.

»Okay, hört genau zu.« Ich nahm Hojo und Mikey beiseite und redete leise auf die beiden ein. »Mikey, du hältst die Playstation hoch und tust so, als würdest du damit jede Bewegung von Hojo steuern.«

»Hey«, protestierte Hojo im Flüsterton. »Warum ausgerechnet ich? Mir schreibt keiner vor, was ich tun soll.«

»Weil du deine fantastischen Samurai-Schritte vorführen sollst, sobald er die Tasten drückt.«

»Ach so. Okay. Das ist etwas anderes. Warum sagst du das nicht gleich?«

Die Wikinger beäugten uns misstrauisch. Wir durften keine Zeit verlieren.

»Jetzt!«, rief ich.

Mikey hielt die Spielkonsole hoch und begann, eine Show abzuziehen. Er drückte wild auf die Tasten und drehte den Joystick im Kreis. Wie auf Befehl wirbelte Hojo um ihre eigene Achse. Mikey riss den Joystick hoch, woraufhin Hojo hohe Sprünge machte und Kampftritte vorführte.

Die Wikinger hielten erstaunt den Atem an.

Höchste Zeit für den nächsten Schritt.

Ich riss Mikey die Playstation aus der Hand und schleuderte sie möglichst weit weg. Das Ding schlidderte über den unebenen Boden. Mit großen Augen verfolgten die Wikinger die Flugbahn des kleinen Geräts, ehe sie alle wild durcheinanderschrien und sich auf die Playstation stürzten, von der sie dachten, sie könnte das Schicksal ihres ganzen Dorfes besiegeln.

»Schnell!«

»Haltet das kleine Ding fest, bevor es Zerstörung über uns alle bringt!«

»Beeilt euch«, raunte ich Hojo und Mikey zu. »Wir haben etwa dreißig Sekunden, um es bis zum Winnebago zu schaffen!«

»Far vel!« Hojo winkte zum Abschied. »Macht's gut.«

Ich sah sie mit hochgezogener Augenbraue an. »Seit wann sprichst du Altnordisch?«

»Ich habe gelegentlich ein paar Brocken aufgeschnappt«, antwortete sie.

»Gibt es etwas, das du nicht weißt?«, fragte Mikey mit einem schiefen Grinsen.

Ich packte ihn beim Arm und zog ihn rasch weiter zum Winnebago. »Solange sie weiß, wie man in das Springville des einundzwanzigsten Jahrhunderts gelangt, ist mir alles andere egal.«

Kapitel 16

Als wir in unsere Einfahrt bogen, waren wir immer noch außer Atem. Hojo zog den Autoschlüssel ab und wir kletterten die Stufen des Winnebago hinunter, während Mikey zur Haustür rannte und triumphierend die Fäuste in die Luft stieß.

»Jippieee!«, brüllte er laut. Dann riss er sich die Tunika vom Leib und ließ sie auf den Boden fallen. »Ich hätte nie gedacht, dass ich einmal so froh sein würde, wieder in dieser langweiligen Stadt zu sein!«

»Pst!«, zischte Hojo. »Führ dich nicht auf wie ein Idiot! Du weckst sonst alle auf. Und dann werden wir uns wünschen, überall auf der Welt, nur nicht in dieser langweiligen Stadt zu sein. Und sei es in Alcatraz während eines Gefangenenaufstands. Lasst uns reingehen, bevor die anderen uns auf die Schliche kommen.«

Mikey hörte auf herumzualbern und ließ den Kopf hängen.

»Okay, tut mir leid«, murmelte er und trottete zur Haustür.

Auf Zehenspitzen schlichen wir ins Haus. Mom und Dad schliefen immer noch auf der Couch. Plötzlich schlug Mom die Augen auf.

»Oh«, wunderte sie sich. »Warum seid ihr denn nicht schon längst im Bett? Und warum habt ihr eure Schlafsachen nicht an?«

Hojo verbarg die Schlüssel des Winnebago hinter ihrem Rücken. Ich machte den Mund auf, um eine Ausrede vorzubringen, doch mir fiel nichts ein. Da kam Mikey mir zu Hilfe.

»Es ist meine Schuld, Mrs Grover-Grünbart«, sagte er. »Ich hatte Sehnsucht nach meiner Mom und meinem Dad. Hojo und Zack wollten mich zurück zu unserem Hotel bringen. Aber mir ist die Adresse nicht eingefallen.«

»Wie bitte?«, fragte Mom.

Mikey tat so, als würde er nur mit Mühe ein Schluchzen zurückhalten. »Könnten Sie bitte meine Eltern anrufen, damit sie mich abholen? Ich kann ohne sie nicht einschlafen.«

Mom blinzelte mehrmals, dann eilte sie zu Mikey und nahm ihn in den Arm. »Natürlich. Bist du dir sicher? Du hast dich doch so darauf gefreut, hier zu übernachten.«

Mikey nickte schniefend.

»Okay, das haben wir gleich«, meinte Mom. Sie ging in die Küche ... und stieß einen Schrei aus.

Dad schreckte mit einem lauten Schnarcher hoch. »Ahoi«, sagte er und schüttelte den Kopf. »Was geht hier vor?«

»Wer ist für diesen Saustall verantwortlich?«, rief Mom empört.

»Welcher Saustall?«, murmelte Dad schlaftrunken.

»Hojo, war das dein Dinosaurier?«, fragte Mom anklagend.

Hojos Nasenflügel bebten. Mikey spähte in die Küche und sah dann meine Schwester an.

»Tut mir leid, Mrs Grover-Grünbart«, sagte er und schniefte wieder. »Das war ich. Wenn ich mich fürchte, muss ich immer etwas essen. Ziemlich viel sogar.« Er schluchzte auf.

Mom streckte den Kopf ins Wohnzimmer. Ihre finstere Miene schmolz dahin.

»Ach, du Ärmster«, seufzte sie. »Das macht doch nichts. Ich werde jetzt deine Eltern verständigen.«

Ich hörte, wie sie das Telefon nahm und wählte.

»Wow, vielen Dank«, sagte Hojo und versetzte Mikey einen Knuff. »Das war echt cool von dir.«

Mikey zuckte mit den Schultern und lächelte. »Keine große Sache. Das war ich euch schuldig. Wenn ihr nicht gewesen wärt, würde ich immer noch Madenpampe vorgesetzt bekommen.«

»Ha!«, machte Hojo. »Weißt du, was? Vielleicht bist du ja gar nicht so übel, Kleiner.«

Mikey streckte die Brust heraus und wagte einen Vorstoß. »Ach ja? Also, falls du nächsten Samstag nichts vorhast …«

Hojo kniff die Augen zusammen. »So toll bist du auch wieder nicht, Kleiner. Aber es tut mir leid, dass ich mich lustig über dich gemacht habe.« Sie rannte die Treppe hinauf und war eine Sekunde später schon wieder da. (Im Ernst, ich habe keine Ahnung, wie sie das macht – man könnte fast meinen, sie kann teleportieren oder so.)

»Hier. Ich brauche das Ding nicht mehr.« Sie drückte Mikey ihre alte PS Vita in die Hand. »Tut mir leid, dass deine kaputtgegangen ist.«

»Das ist toll, danke«, sagte Mikey. Er strich behutsam über die glatte schwarze Oberfläche. »Außer Mom und Dad hat mir noch nie jemand etwas so Nettes geschenkt.«

»*Viking Quest* im Heldenmodus«, ergänzte Hojo. »Oh, und ich bin bei Level 60.«

Mikey ließ sich neben Dad auf die Couch fallen, der bereits wieder mit offenem Mund und zur Seite gelegtem Kopf vor sich hin döste. Mein Vater ließ sich durch nichts vom Schlafen abhalten – das schafften weder Erdbeben, Wirbelstürme, ja nicht einmal Grogs Schnarchkonzert. Ich schätze, diese Fähigkeit legt man sich zu, wenn man gemeinsam mit mehreren Dutzend stinkender Piraten auf einem Schiff schlafen muss. Das würde ich auch gerne können, allerdings mit offenen Augen. Dann würden mir die Mathestunden nicht mehr ganz so endlos vorkommen.

Mikey legte die Hand über die Stirn. Ihm war offensichtlich ganz schwindlig vor Glück.

»Level 60?«, staunte er überschwänglich und sah Hojo bewundernd an. »Du bist echt das tollste Mädchen, das ich je getroffen habe.«

Hojo zuckte mit den Schultern. »Ich weiß.«

Es klingelte an der Tür und gleich darauf führte Mom Mr und Mrs Baker ins Wohnzimmer.

»Mein armer Mikki-Wikki«, sagte Mrs Baker. Sie hatte ihre pink-blonden Haare mit Lockenwicklern aufgedreht und auf ihrem ungeschminkten Gesicht lag eine dichte Schicht Feuchtigkeitscreme. Mikey verzog das Gesicht, als sie ihn umarmte und fest an ihre Brust drückte. »Komm, wir gehen ins Hotel. Ich lasse dir Schokoladenkekse und warme Milch aufs Zimmer bringen. Du bist sicher hungrig, da das Festmahl ja leider ausgefallen ist.«

»Ähm, nein«, stöhnte Mikey. »Ich kann in Zukunft auf so ein Festmahl und überhaupt auf jeden Wikinger verzichten.«

Oh nein. »Waldemar!«, rief ich, als mir einfiel, dass es da ja noch den Wikingerjungen gab, der frei in der Nachbarschaft herumlief.

»Was? Wer?«, fragte Mr Baker und blinzelte verwirrt. »Ist das der neue Gruß unter euch jungen Leuten? Okay, dann also Waldemar!« Er salutierte und winkte zum Abschied.

»Äh, Waldemar«, erwiderte Mom und winkte ebenfalls, während sie sich mit der anderen Hand die Augen rieb.

Ich beugte mich zu Hojo und sagte leise: »Ich muss Waldemar aufspüren, und zwar schnell. Womöglich fürchtet er sich zu Tode.«

»Ich schätze, er erschreckt eher die anderen zu Tode«, erwiderte sie.

»Was machen wir denn jetzt?«, fragte ich zurück.

»Hey, Bruderherz.« Hojo tippte mich am Arm und deutete auf Mikey. »Du hast ihn heute schon mehr als ein Mal gerettet. Da wird dir bestimmt auch etwas einfallen, um den kleinen Wikinger zu retten. Ich habe da vollstes Vertrauen in dich.«

»Ich fürchte, da bist du die Einzige«, murmelte ich. Aber da war Hojo schon längst die Treppe hinaufgestürmt.

»Hey, zerbrich dir nicht den Kopf wegen Waldi«, sagte Mikey. »Der Typ hasst das Wikingerleben. Und wer könnte es ihm verdenken? Gönn ihm doch ein bisschen Freiheit.« Er folgte seiner Mutter und seinem Vater nach draußen. »Waldemar!«, rief er zum Abschied über die Schulter.

»Waldemar!«, erwiderten Mom und ich, ehe die Tür hinter ihm zuschlug.

Ich sank auf die Couch neben Dad und überlegte. Wenn ich ein Wikingerjunge wäre, der im einundzwanzigsten Jahrhundert festsitzt, was würde ich dann tun?

Außer natürlich den Verstand zu verlieren.

Während ich mir noch den Kopf zerbrach, kam Grog die Treppe herunter. Er kratzte sich an seinem behaarten Hintern, dann streckte er mir sein Handy hin und lachte.

»Oh Mann«, gluckste er. »Das musst du dir anschauen.«

Er hielt mir das Handy vor die Nase, zog es aber sofort wieder weg, bevor ich einen Blick darauf werfen konnte. »Wahnsinn, oder?«

»Ich habe jetzt wirklich keine Zeit für so was«, sagte ich. »Erzähl mir einfach davon, okay?«

»Irgendein Junge hat sich als Wikinger verkleidet und ist dann am Büffet im Pizza Hut total durchgedreht. Der Post ist erst eine Stunde alt und hat schon zehntausend Klicks.« Grog schüttelte verblüfft den Kopf.

Piiitsa Hatt Büffe …

Pizza Hut Büffet!

Ich schlug mir an die Stirn. Natürlich! Wie hatte ich das nur übersehen können?

Wortlos zwängte ich mich an Grog vorbei und rannte in mein Zimmer. Ich nahm mein Sparschwein in die Hand, schüttelte alle Münzen heraus und steckte sie in meine Hosentasche. Bei Pizza Hut würde man wohl kaum Wikingergeld akzeptieren. Vor Aufregung zitternd raste ich die Treppe hinunter und zur Tür hinaus. Ich konnte nur hoffen, dass es noch nicht zu spät war.

Elf Minuten später stand ich atemlos und schweißgebadet vor dem Pizza Hut. Ich konnte mich nicht erinnern, jemals die zweieinhalb Kilometer dorthin so schnell gerannt zu sein.

Der Parkplatz war voll, was nicht gerade ein gutes Zeichen war, denn inzwischen war es kurz vor Mitternacht. An einem Mittwoch unter der Woche. Ich schluckte schwer, trottete erschöpft zum Eingang und öffnete die Tür.

Der Anblick, der sich mir bot, war unbeschreiblich.

Überall war Salat verstreut. Auf dem gefliesten Boden lagen Knabberstangen und von den Lampen tropfte Tomatensoße. Über mir hörte ich ein merkwürdiges schmatzendes Geräusch. Ich blickte hoch und sah, wie sich eine Pizza - eine ganze Pizza mit allem Drum und Dran - von der Decke löste und mit einem *Platsch* auf dem Boden landete. Vor dem Büffet hatte sich eine Menschenmenge versammelt. Alle hielten ihre Handys hoch. Ich stellte mich auf die Zehenspitzen, konnte jedoch nichts sehen, weil überall kreischende Kinder auf den Schultern ihrer Eltern saßen und mir den Blick versperrten. Ich tippte die Frau vor mir an.

»Ähm, was geht da vor sich?«

»Ach, du kannst es dir kaum vorstellen«, sagte sie. Der kleine Junge auf ihren Schultern zupfte eine Peperoni aus ihren Haaren und aß sie auf. Igitt.

»Was kann ich mir nicht vorstellen?«, fragte ich, obwohl ich die Antwort eigentlich gar nicht wissen wollte.

»Da ist ein Junge in einem Kostüm. Er hat offenbar Heißhunger, denn er hat bereits vier ganze Pizzas aufgegessen und ist noch lange nicht fertig.«

Die Umstehenden johlten laut.

»Wahrscheinlich ist das ein Spot fürs Fernsehen«, redete die Frau weiter. »Oder er will ins Guinness-Buch der Rekorde kommen. Aber … ohhh!« Sie reckte den Hals. »Ach, du meine Güte, das sieht aber gar nicht gut aus!«

Ich zwängte mich durch die gaffende Menge und war zum ersten Mal froh darüber, ein mickriger Zwerg zu sein. In der vordersten Reihe blieb ich stehen.

Vor mir war Waldemar. Bei ihm stand ein junger Mitarbeiter von Pizza Hut, der eine rote Schürze trug und ein farblich passendes spitzes Hütchen auf dem Kopf hatte. Der Angestellte wedelte mit einem Zettel herum. Sein Gesicht hatte eine unnatürlich dunkelrote Farbe. So stellte ich mir jemanden vor, der jeden Augenblick zu explodieren drohte.

»Ich habe dir bereits gesagt, dass du dir nicht den Bauch vollschlagen kannst, ohne für das Essen zu bezahlen!«, schrie der Mann. Auf seinem Namensschildchen stand: *Arnold, Geschäftsführer*. Mit letzter Sicherheit konnte ich das allerdings nicht sagen, denn das Schild war verdreht und stand auf dem Kopf.

»Piiitsa Hatt Büffe!«, rief Waldemar. Er schleuderte ein großes

Stück Pizza in Richtung von Arnolds Kopf, dann stopfte er sich das Ding in den Mund. Von seinem Kinn tropfte Soße. Genau genommen war er von Kopf bis Fuß mit Soße und Käse besprenkelt. Von einer Serviette schien er noch nie etwas gehört zu haben. Ebenso wenig von Messer und Gabel. Dass man das Essen erst kaute, wusste er wahrscheinlich auch nicht.

»Selbstverständlich ist das ein Büffet«, sagte Arnold. »Aber das heißt nicht, dass es kostenlos ist. Außerdem ist die Essensdauer auf eine Stunde beschränkt. Du bist jetzt aber schon seit drei Stunden hier.«

Waldemar blickte abwechselnd zu dem entnervten Manager und auf das Büffet. Besser gesagt auf das, was vom Büffet noch übrig war, und das waren genau genommen nur noch ein paar Knabberstangen und Karotten. Waldi stopfte sich eine Handvoll davon in den Mund.

»Jetzt wird gerockt!«, murmelte er und versprühte Krümel in alle Richtungen.

»Waldemar!«, rief ich.

Als Waldi seinen Namen hörte, drehte er den Kopf in meine Richtung. Sein Gesicht spiegelte Verwirrung, Ärger und tatsächlich auch einen Anflug von Angst wider. Aber nur so lange, bis er mich zwischen den Gaffern entdeckte.

»Zack!« Er kam zu mir gerannt und schlang seine Arme um mich. »Zack, Zack, Zack.« Immer wieder hob er mich hoch und stellte mich ab. Meine Füße prallten wie zwei Gummibälle auf den Boden.

»Ja, schon gut«, stieß ich hervor. »Ich freue mich auch, dich zu sehen, mein Freund. Aber jetzt müssen wir gehen, okay?«

Waldi hielt mir eine halb aufgegessene Knabberstange hin. »Piiitsa Hatt Büffe?«

»Nein danke«, sagte ich. »Ich habe keinen Hunger. Lass uns von hier verschwinden.«

Wir bahnten uns einen Weg durch die Zuschauer Richtung Ausgang. »Waldi! Waldi! Waldi!«, ertönte es von allen Seiten.

»Stehen geblieben!«, polterte da eine Stimme. Die Anfeuerungsrufe verstummten. Arnold, der Geschäftsführer, holte uns ein und wedelte mit dem Zettel.

»Jemand muss für die Pizzas aufkommen«, sagte er, immer noch dunkelrot im Gesicht. »Das macht zusammen neunundfünfzig Dollar und siebenundneunzig Cent.«

»Wie viel?«, fragte ich fassungslos.

»Neunundfünfzig siebenundneunzig«, wiederholte er. »Das sind zehn Dollar die Stunde für das Büffet mal drei Stunden plus Steuer plus die Reinigungskosten und die Erstattung der zu Bruch gegangenen Teller. Entweder du bezahlst die Rechnung oder ich rufe die Polizei.«

Seufzend kramte ich in meinen Taschen und leerte sie bis auf den allerletzten Cent auf dem erstbesten Tisch aus.

Neunundfünfzig Dollar und achtundneunzig Cent.

Mir blieb nur ein lausiger Cent übrig.

Mein neues Hundertvierunddreißig-teiliges Luxus-Zeichenset, auf das ich so lange gespart hatte, konnte ich vergessen.

Aber das spielte ohnehin keine Rolle mehr. In etwa sieben Stunden würde ich in die Schule gehen, wo man Hackfleisch aus mir machen würde. Denn kein Waldi und keine Knabberstange auf der ganzen Welt könnten mir dabei helfen, die Aufsätze noch rechtzeitig zu schreiben.

Kapitel 17

Ich verspürte keine große Lust, am Morgen den Schulbus zu nehmen und schon dort auf Sam und Craig zu treffen, deshalb hinterließ ich eine Nachricht für Mom und Dad und ging die sechseinhalb Kilometer zu Fuß zur Schule. Ich versuchte, mich am Zwitschern der Vögel zu erfreuen, da ich es vielleicht zum letzten Mal hören würde.

Als ich an der Schule ankam, strömten gerade die Schüler aus den Bussen. Ich holte tief Luft, ging langsam die Eingangsstufen hinauf und sah mich, das Schlimmste befürchtend, misstrauisch um.

Wie durch ein Wunder schaffte ich es unbeschadet bis zur Tür, ohne dass mir etwas zustieß. Hey, vielleicht würde ich mit einem blauen Auge davonkommen. Dann hörte ich eine leider nur allzu vertraute Stimme.

»Psssst!« Sams blonder Stachelschopf lugte hinter einer Säule hervor. »Hier drüben, Blödbart.«

Ich blieb stehen und blickte zuerst zu Sam und dann zur Eingangstür. So nah und doch so fern.

Sam empfing mich mit einem Zahnlückengrinsen und streckte seine schwabbelige Hand aus. Craig kam hinter der anderen Säule hervor und streckte ebenfalls die Hand aus.

»Her mit den Aufsätzen«, sagte er.

»Ja, also, die Sache ist die ...« Ich holte tief Luft und wollte mit der Ausrede beginnen, die ich mir ausgedacht hatte. »Meine Tante Tilda ...«

Craig stemmte die Hände in die Hüften. »Hey, wenn du denkst, du kommst um die Aufsätze herum, weil du gestern nicht in die Schule gekommen bist, dann hast du dich getäuscht.«

»Wie kommst du denn darauf?«, fragte ich. »Wenn ich die Schule schwänzen wollte, um euch die Aufsätze nicht geben zu müssen, dann wäre ich doch heute nicht hier aufgetaucht.«

»Dass isst unss klar. Wir ssind ja keine Vollpfossten«, lispelte Sam.

»Vollpfosten, genau das seid ihr«, murmelte ich halb laut.

»Was hast du gesagt?«, fragte Craig. Er legte den Kopf schief und warf Sam einen Blick zu. »Ich hätte schwören können, dass unser Kleiner uns gerade Vollpfosten genannt hat.«

»Nö«, sagte Sam. »Dass traut er ssich nicht. Ess ssei denn, er isst ein Vollpfossten.« Er packte mich am Kragen und stieß mich gegen die Backsteinmauer. Meine Füße baumelten in der Luft.

Aber statt Angst zu bekommen, wurde ich plötzlich wütend. Nach einem Tag wie gestern - an dem ich Mikey zwei Mal hintereinander gerettet hatte, nur um gleich darauf auch noch Waldi zwei Mal hintereinander zu retten - war es mir plötzlich schnurzpiepegal, was Sam und Craig von mir wollten.

Hatte Mikey nicht behauptet, ich sei der mutigste Mensch, den er je getroffen hatte?

Ja, das hatte er. Und mutige Menschen würden sich von solchen Trotteln nichts gefallen lassen.

Ich zuckte mit den Schultern (so gut das eben ging, wenn man am Kragen gepackt wird). »Wisst ihr«, sagte ich so lässig wie möglich. »Kann sein, dass ich ein Vollpfosten bin. Ich meine *war*. Aber das ist jetzt vorbei.«

»Wass quatssht er da?«, fragte Sam.

»Ja, Schluss damit«, sagte Craig. »Aufsätze her, sonst ...« Er hob drohend die Faust.

Ich streckte das Kinn vor. »Nein.« Ich dachte an Hojos Ratschlag. Damit hatten die beiden Schwachköpfe garantiert nicht gerechnet.

Sam und Craig blickten einander erstaunt an. Dann prusteten sie los.

»Dass isst ssum Totlachen!«, rief Sam. »Der Kleine hat Nein gessagt!«

Craig grunzte. »Genau, zum Totlachen!«

Dann wurden die beiden schlagartig ernst. Sam hob die Faust und hielt sie neben Craigs.

»Her mit den Aufssätzen«, knurrte er.

»Nein!«

»Na gut«, sagte Craig. »Du hast es nicht anders gewollt.«

Ich schloss die Augen und wappnete mich gegen den unvermeidlichen Schlag.

Plötzlich hörte ich ein lautes Hupen, gefolgt von einem unmissverständlichen Gejohle.

»Piiitsa Hatt Büffe!«

Ich machte die Augen wieder auf und sah Waldi die Stufen heraufkommen. Grog hatte den Winnebago am Straßenrand geparkt und lehnte sich aus dem Fenster auf der Fahrerseite und winkte.

»Beeil dich, Zack«, rief er. »Heute fällt für dich die Schule aus. Mom und Dad wollen, dass wir Waldi wieder, ähm, nach Hause bringen. Aber ohne dich geht er nirgendwo hin!«

Hojo streckte hinter Grog den Kopf aus dem Fenster. »Keine Sorge«, sagte sie. »Mom hat Mr Weatherspoon angerufen und ihm gesagt, dass du heute nicht in die Schule gehen kannst, weil Tante Tildas Zustand sich leider verschlechtert hat.«

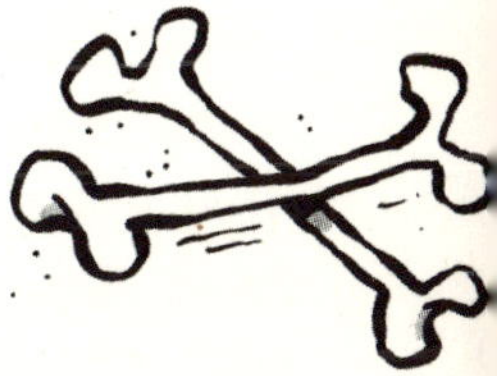

Verschlechtert? Wie schlechter konnte es denn noch werden, wenn man bereits tot war?

Waldi kam zu mir gerannt und nahm dabei zwei Stufen auf einmal. Oben angekommen, stieß er Sam und Craig einfach beiseite. Er befreite mich aus Sams eisernem Griff und begrüßte mich mit seiner typischen Bärenumarmung. »Zack!«, rief er. »Zack-Zack-Zack!«

»Hi, Waldi«, erwiderte ich atemlos. Sam und Craig sahen sich mit hochgezogenen Augenbrauen an.

»Hey«, sagte Sam. »Isst dass nicht der Typ auss dem YouTube-Video?«

»Ja«, antwortete ich. »Darf ich euch … meinen Cousin Waldi vorstellen?«

Craig ließ die Faust sinken.

»In echt, Kumpel?«, staunte er. »Der ist eine totale Bombe. Wie kommt es, dass du mit so einem verwandt bist?«

Waldi ließ mich los. »Piiitsa Hatt Büffe!«, rief er. »Jetzt wird gerockt!«

»Piiitsssa Hatt Büffe?«, wiederholte Sam. »Dass hört ssich cool an! Wir ssind dabei! Sstimmt'ss, Craig?«

»Klar doch, Mann.« Craig sah Waldi an und nickte. »Kumpel, kannst du uns noch mal deine Nummer vorführen, bei der du sechzehn Knabberstangen gleichzeitig futterst?«

Waldi, der nicht begriff, was sie wollten, rümpfte die Nase.

Craig und Sam fingen an zu grölen: »Wikinger! Wikinger! Wikinger!« Sie versetzten sich Kopfstöße, grunzten laut und machten Fäuste, um mit Waldi abzuklatschen.

Waldi grummelte etwas Unverständliches. Dann hob er ebenfalls die Fäuste und versetzte den beiden einen kräftigen Schlag auf die Nase. Sam und Craig gingen sofort zu Boden. Sams blonde Stacheln wurden platt gedrückt, als er umfiel wie ein Sack Zement.

»Boah«, murmelte ich. Damit hatte ich nicht gerechnet.

»Wa-wass …« Sam rieb sich verblüfft die Augen.

»Mann«, grummelte Craig. »Was sollte das?«

Ich beugte mich zu ihnen hinunter. Die beiden wichen ängstlich zurück und ließen Waldi, der die Fäuste immer noch erhoben hatte, keine Sekunde aus den Augen. »Kleiner Tipp gefällig?«, fragte ich leise. »Man sollte nie versuchen, einen Wikinger mit einem Faustklatscher zu begrüßen. Er könnte es womöglich falsch verstehen.«

Dann richtete ich mich wieder auf. »Komm, Waldi«, sagte ich. »Jetzt wird gerockt.«

»Aber …«, stammelte Craig. »Pizza Hut?«

»Du bist leider nicht eingeladen«, erklärte ich. (Dass Waldemar sich je wieder in die Nähe des Pizza Huts wagen könnte, war ohnehin ausgeschlossen. Man würde uns in hohem Bogen rausschmeißen.) Ich packte Waldi am Arm und deutete auf den Winnebago.

»Piiitsa Hatt Büffe!«, grölte er.

Während ich mit ihm die Stufen hinunterging, drehte ich mich noch einmal um und rief Sam und Craig einen Abschiedsgruß zu. »Bis später, Dumpfbacken. Das war's. Es hat Spaß gemacht. Oder auch nicht. Ach ja, ich schlage vor, dass ihr mich in Zukunft in Ruhe lasst. Es sei denn, ihr seid scharf darauf herauszufinden, wie Air Max nach Wikingerart schmecken!« Ich deutete auf Waldis schwere Lederstiefel.

Craig und Sam wimmerten, dann nickten sie hastig.

Inzwischen hatte sich eine kleine Fangemeinde vor der Schule versammelt. Alle hielten Waldi ihre Stifte hin und baten ihn um ein Autogramm.

Da er noch nie in seinem Leben einen Stift gesehen hatte (und auch gar nicht schreiben konnte), klatschte er sie nacheinander so kräftig ab, dass sie rückwärts ins Gebüsch kippten.

Grog, Hojo, Waldi und ich quetschten uns in die Fahrerkabine. Grog schaltete Moms Handystörsender ab und lenkte den Winnebago über die Zeitautobahn. Dabei richtete er den Blick abwechselnd auf die Straße und auf sein Handy.

»Dieses Video ist der Hammer«, befand er und tippte auf das Display. »Der Junge ist ein Naturtalent!« Waldi war zu sehen, wie er ein paar ziemlich coole Roboter-Moves machte. Grog hatte das Video mit einem Song unterlegt, auf den er im Internet gestoßen war. *Immigrant Song* stammte von einer alten Band, die sich *Led Zeppelin* nannte. Darin ging es ausgerechnet um – jetzt kommt's – Wikinger. Schnell, geh online und schau nach. Ich warte solange. Es ist tausendmal besser, wenn du gleich mitsingst.

Fertig? Okay, dreh noch etwas lauter, denn jetzt geht's los … Ah-ah-ahh-ah!

Der Winnebago erbebte.

Ah-ah-ahh-ah!!!

Waldi sprang auf und fing an zu tanzen.

»Rock on, Kumpel!«, grölte Grog. »Das wird ein Riesenhit!« Er tippte in sein Handy und stellte das Video auf YouTube. Der Winnebago schlingerte nach rechts. Waldi machte ein paar irre Tanzschritte und landete kopfüber hinter dem Fahrersitz.

»Ja, und der Winnebago landet im Straßengraben der Zeitautobahn, wenn du deine Hände nicht am Lenkrad lässt«, bemerkte ich.

»Okay.« Grog packte das Lenkrad und kurz darauf kam die Zeitreisemaschine im Norwegen des zehnten Jahrhunderts zum Stehen. »Wir sind da. Das ist deine Haltestelle, Kumpel.«

Der Wikingerjunge stieg aus und sprang hinunter auf den Strand. Eine Wikingerfamilie kam mit ausgetreckten Armen zur Begrüßung angerannt. Ich muss zugeben, ich hatte einen Kloß im Hals. Ich würde Waldi tatsächlich vermissen. Er hatte Sam und Craig eine Portion ihrer eigenen Medizin schlucken lassen. Außerdem war er ziemlich cool. Und tanzen konnte er auch.

»Mach's gut!«, riefen Hojo, Grog und ich gleichzeitig.

»Wir kommen wieder und besuchen dich«, versprach ich ihm.

»Darauf kannst du Gift nehmen«, meinte Grog und blickte auf sein Handy. »Dieser Junge ist ein Goldkind! Sechstausend

Klicks in fünfundzwanzig Sekunden! Ich frage mich, welche Moves ich ihm sonst noch beibringen kann? Wie wär's mit Line Dance?«

Waldi winkte zum Abschied. In der Hand hielt er einen Packen Knabberstangen von Pizza Hut.

»Jetzt wird gerockt!«, rief er, als sich die Tür des Winnebago schloss.

Dann brausten wir los.

Auf zu neuen Abenteuern.

Ah-ah-ahh-ah!

Bei den Grünbarts bleibt's chaotisch:
Lies weiter in Band 2 von
Die Grünbarts
Zusammen klebt man besser als allein

Die Gr

Jack Grover-Grünbart: Pirat aus dem 18. Jahrhundert, besegelte die sieben Weltmeere (ist leider seekrank, daher im vorzeitigen Ruhestand im 21. Jahrhundert) und surft heutzutage gerne im Internet

Emily Grover-Grünbart geboren vor ca. 162 Jahren im viktorianischen London, geniale Erfinderin u. a. des Schrumpfinators, Schmutz-inhalierers und eines Zeitreise Wohnmobils

Fussel: unser Haustier, ein Mini-T-Rex ... frag lieber nicht, wie der bei uns gelandet ist!

arts

Hojo: 11 Jahre alt, japanische Samurai-Schülerin aus dem 14. Jahrhundert, liebt Waffen und alle Tiere, aber vor allem die mit spitzen Zähnen

Grog: 17 Jahre alt, stammt aus dem alten Rom, besitzt übermäßigen Appetit auf Mammutfleisch und hat schlechte Tischmanieren (kurz: benimmt sich wie ein Höhlenmensch)

Zack: Das bin ich: 10 Jahre alt, ein hundertprozentiges Produkt des 21. Jahrhunderts – und der einzig Normale in einer komplett verrückten Familie

Jerry Kennet

Die Grünbarts
Zusammen klebt man besser als allein

Das kann ja nur schiefgehen! Eben noch ist Zack knapp seinen Erzfeinden in der Schule entkommen, schon erwartet ihn mit seiner völlig verrückten Familie eine weitere Zeitreise. Diesmal geht es mit Jonas, dessen Vater und dem besserwisserischen Roboter namens Jonas2 zu den größten Erfindern der Menschheit. Blöd nur, dass die Grünbarts dort durch eine klitzekleine Kleinigkeit die Vergangenheit und damit auch das 21. Jahrhundert, wie wir es kennen, völlig durcheinanderbringen!

Auch als E-Book erhältlich

176 Seiten • Gebunden
ISBN 978-3-401-60160-1
www.arena-verlag.de

Jerry Kennet

Die Grünbarts
Ein Hamster dreht am Rad

Zacks Eltern haben sich den Magen verstimmt. Und so ist es an Grog, Hojo und Zack, die neuen Zeitreise-Kunden durch die Vergangenheit zu führen. Bei denen handelt es sich ausgerechnet um den skandalumwobenen Superstar Poppy Peril und ihren Manager Ed Hamster!
Ihre Tour zu den größten Musikern geht bald ziemlich schief: Zuerst haben die Grünbarts Zoff mit Mozart, dann müssen sie John Lennon vor einem Haufen kreischender Groupies retten. Schließlich passiert etwas, womit niemand gerechnet hat …

Arena

Auch als E-Book erhältlich

176 Seiten • Gebunden
ISBN 978-3-401-60161-8
www.arena-verlag.de

Jerry Kennet

Die Grünbarts
Wir feiern die Katastrophen, wie sie kommen

Familienfest bei den Grünbarts? Da sind Katastrophen vorprogrammiert! Auf der Suche nach der perfekten Party-Epoche reisen sie durch die Zeit – und nicht mal ein Vulkanausbruch oder mies gelaunte Kängurus können sie aufhalten. Die Grünbarts stürmen Kleopatras Hochzeit und landen über Umwege in der Party-Metropole Las Vegas. Dabei verändern Zack und seine Familie unversehens den Verlauf der Geschichte: Plötzlich stehen überall Pyramiden herum! Schaffen sie es, das Chaos wieder geradezubiegen?

Auch als E-Book erhältlich

Arena

176 Seiten • Gebunden
ISBN 978-3-401-60162-5
www.arena-verlag.de

Cressida Cowell

Drachenzähmen leicht gemacht

978-3-401-60051-2

Drachenzähmen leicht gemacht

Auweia! An Thors Tag müssen alle Wikingerjungen die Reifeprüfung zum „Drachenmeister“ ablegen, doch Hicks sieht schwarz für sich und seinen widerspenstigen Hausdrachen. Wird er nun aus dem Stamm der Räuberischen Raufbolde verbannt? Doch dann platzt mitten in die Feierlichkeiten ein monströser Seedrache ...

978-3-401-60052-9

Wilde Piraten voraus!

Ahoi, ihr Landratten! Plötzlich finden sich Wikingerjunge Hicks und sein Hausdrache Zahnlos bei stürmischem Seegang mitten im Piraten-Ausbildungsprogramm der Räuberischen Raufbolde wieder. Eigentlich sollen die Piraten-Lehrlinge ja nur ihr erlerntes Wissen bei einer Schatzsuche in die Tat umsetzen, aber dann geht mit einem mal alles drunter und drüber.

978-3-401-60053-6

Strenggeheimes Drachenflüstern

Hilfe! Die Römer haben Hicks und seinen Freund Fischbein ins weit entfernte Fort Finstericum entführt! Und das Schlimmste: Auch Hicks' Drache Zahnlos befindet sich in ihrer Gewalt. Doch die Römer haben ein Problem, denn im Gegensatz zu Hicks beherrschen sie die Drachensprache nur mangelhaft. Das kann im Umgang mit Drachen zu Missverständnissen führen ...

Arena

Auch als Hörbücher bei
Arena audio

Jeder Band:
Ab 10 Jahren • Gebunden
www.arena-verlag.de

Jamie Thomson

Dark Lord

... Ich kann auch anders!!

Nie hat man seine Ruhe! Nicht nur Dark Lord, Suus und Christopher sind wieder auf der Erde gelandet, auch den Dämon Gargon und den Edlen Ritter Rufino hat es hierher verschlagen. Und das Schlimmste: Dark Lords größter Widersacher, der Weiße Zauberer Hasdruban, ist ebenfalls aufgetaucht – ausgerechnet in Person des Schulleiters! Hasdruban plant nichts Geringeres als Dark Lord endgültig den Garaus zu machen ...

264 Seiten • Klappenbroschur
ISBN 978-3-401-50781-1
Beide Bände auch als E-Books und als Hörbücher bei DHV erhältlich

... Hier hört der Spaß auf!!

Das darf ja wohl nicht wahr sein! Dirk Lloyd, auch bekannt als Dark Lord, Weltenzerstörer, lebt endlich das perfekte Leben. Da wird seine Ruhe brutal gestört. Ausgerechnet sein ehemaliger Schulleiter, Mr. Grausammer, macht sich bereit, ihm den Rang abzulaufen. Denn der rachsüchtige Rektor hat einen Tropfen Essenz des Bösen geleckt und nichts anderes im Sinn, als die Darklands zu übernehmen.

Arena

208 Seiten • Klappenbroschur
ISBN 978-3-401-50976-1
www.arena-verlag.de